Kein spritziges Ende

Martina Grünebaum

Kein spritziges Ende

2. Sorpeseekrimi

FSC
www.fsc.org
MIX
Papier aus ver-
antwortungsvollen
Quellen
Paper from
responsible sources
FSC® C105338

1. Auflage

ISBN: 9783756224517

Alle Rechte beim Herausgeber
©2022 Martina Grünebaum
Herstellung und Verlag:
BoD – Books on Demand, Norderstedt
Umschlagsgestaltung: Uta Baumeister
Coverdesign: Tanja Graumann

Gedruckt in Deutschland

Für meine Eltern

Er hatte keine Ahnung, was passiert war. Sein Schädel brummte wie nach einem ordentlichen Schützenfestwochenende. Alles wirkte verschwommen und unwirklich. Jeder Knochen in seinem Körper schmerzte. Wahrscheinlich hatte er schon mehrere Stunden in dieser unbequemen Lage verbracht, anstatt zu Hause in seinem Wasserbett die wohlverdiente Ruhe zu genießen. Die Hände waren auf dem Rücken zusammengebunden. Was auch immer sie fixierte, schnürte sich mit jeder Bewegung in das Fleisch. Verdammt! Sollte es sich hierbei um einen Scherz handeln, würde er, Konrad Reich, den oder die Verantwortlichen gnadenlos zur Rechenschaft ziehen. Nicht, dass er ein Spielverderber war. Nein, auf keinen Fall! Doch bisher war er es immer gewesen, der die Späße oder, wie es auf Neudeutsch hieß, Pranks organisiert hatte. Der übelschmeckende Knebel hinderte ihn daran, den Unmut über die missliche Lage herauszubrüllen. Plötzlich vernahm er vertraute Stimmen untermalt von Hundegebell. Das waren doch Willi, Hubert und Paul mit ihren Terriern. Na klar, sie waren doch heute Morgen verabredet, das Feld von Egon zu umstellen, um den vermaledeiten Wildschweinen den Garaus zu machen. Unter den Hoffnungsschimmer dieser Situation zu entkommen, mischte sich ein Anflug von Skepsis. Steckten etwa

7

seine langjährigen Jagdkumpane hinter diesem Unfug? Nun, er würde es gleich in Erfahrung bringen. Mühsam rappelte er sich auf und bahnte sich langsam seinen Weg durch das Maisfeld. Während er sich dem Feldrand näherte, wurde das Gekläff der Hunde immer lauter.

Haben sie etwa schon Schwarzkittel gerochen, oder freuen sie sich mich zu sehen?, mutmaßte Konrad, während er unbeirrt weiter ging.

„Da kommt etwas", hörte er Willi sagen. Der Depp wird erstaunt sein, was da auf ihn zukommt, schmunzelte Konrad in Gedanken. Genau in diesem Moment zerstörten Schüsse die morgendliche Idylle.

Montag　　　　　　　**10.30 Uhr**

„Ich habe ihn erschossen. Natürlich nur aus Versehen", schluchzte Willi mit hochrotem Kopf. Kommissar Maximilian Knapp beobachtete mit Besorgnis die Verfärbung, welche mittlerweile an eine überreife Tomate erinnerte.

„Dachte, er wäre ein Wildschwein", fuhr Willi derweil ohne Aufforderung mit seiner Schilderung fort. „Der Egon Krass hatte uns beauftragt sein Feld zu durchkämmen. Wer konnte ahnen, dass der Konrad dort herumschleicht. Aber war ein guter Schuss. Natürlich blöd, dass es den Konrad erwischt hat. Wollte ich natürlich nicht, woll."

„Gleich platzt sie."

„Wie bitte, Herr Kommissar?"

Erst jetzt wurde Max bewusst, dass er seine Gedanken laut ausgesprochen hatte. Verflixt nochmal! So etwas durfte nicht passieren. Wahrscheinlich war es der Tatsache geschuldet, dass er noch keinen Kaffee getrunken hatte. Er sollte seinen Koffeinhaushalt gleich auffüllen, bevor ihm noch mehr dilettantische Patzer widerfuhren.

„Möchten Sie auch eine Tasse Kaffee, Herr Ehrlich?", fragte Max ausweichend und fügte schnell ein: „Oder lieber Tee", hinzu, als sein Blick erneut auf den tiefroten Schädel fiel.

„Lieber einen Kaffee. Danke."

Für einen Moment war Max versucht, ihm aus gesundheitlichen Aspekten von dieser Wahl abzuraten. Doch sein Instinkt raunte ihm zu, dass dieser Einwand sinnlos sein würde. Wilfried Ehrlich, von allen nur Willi genannt, war ein Sauerländer Urgestein, der ohnehin in dieser vertrackten Situation ein Pils und einen Korn bevorzugt hätte. Auf dem Weg zum Kaffeevollautomaten nickte er seinem Kollegen Sven Herbst zu und betrachtete das Gemälde im Hintergrund, welches mit dem Ausscheiden seines früheren Chefs Wolfram Wilhelm Berg aus dem Polizeidienst die „Alpenlandschaft" ersetzt hatte.

„Na, da musst du aber einiges an Getränken intus haben, wenn du solch ein Gewirr von Farben am Strand sehen willst", hatte Polizeianwärter Noah lachend festgestellt, als das Aquarell mit dem Namen *Strandspaziergang* im Büro Einzug gehalten hatte. Zwar hatte er in seiner sauerländisch direkten Art nur ausgesprochen, was alle dachten. Doch seitdem war er beim neuen Chef Janus Thal als Kunstbanause verschrien.

„Auch einen Kaffee?", fragte Max seinen Kollegen Sven, als dieser von seinem Aktenstapel aufblickte.

„Nein danke. Habe eben schon einen getrunken. Später vielleicht. Ach, wo du gerade da bist. Schau einmal, das hat die Spurensuche im Feld ergeben. Nichts Brauchbares."

„Hm", sagte Max, während er wie gebannt auf einen Sektkorken starrte, der sich unter den Gegenständen befand.

Montag   10.30 Uhr

„Es ist schon erstaunlich, was sich alles verändert hat", sagte Ben und ließ seinen Blick über das Vorbecken des Sorpesees schweifen.

„Untergang und Neubeginn liegen dicht beieinander", philosophierte Leonie und leckte an ihrem Stracciatella-Eis. Sie konnte es immer noch nicht fassen, dass sich Ben Förster nach der langen Zeit gemeldet hatte. Ohne Vorwarnung war er wieder in ihrem Leben aufgetaucht. Und das Schlimmste daran war, dass sie ihn noch immer vergötterte.

„Studierst du Philosophie?"

„Nein! Nein! Ich habe eine Ausbildung zur Europakauffrau gemacht."

„Sehr gut", antwortete Ben und starrte in die Ferne. Leonie war sehr dankbar, dass er nicht nachfragte, warum sie an einem Montag zu Hause war. Wie hätte sie ihm erklären sollen, dass sie extra für das Treffen spontan Urlaub eingereicht hatte? Doch anscheinend verschwendete er daran überhaupt keinen Gedanken und genoss stattdessen die Sonnenstrahlen, die die Wasseroberfläche zum Glitzern brachten und ein atemberaubendes Farbenspiel im Herbstlaub erzeugten. Viele nutzten die warmen Temperaturen, um einen Spaziergang zu unternehmen, oder um in einer der vielen Gastronomiebetriebe einzukehren. Unweit des baufälligen Gebäudes, das sich die Natur Stück für Stück zurückeroberte, war ein neuer Anlaufpunkt namens „Heimathafen" für Touristen und Einheimische entstanden. Von ihrem Sitzplatz, der nur mit Trittsteinen vom Ufer aus erreicht werden konnte, hatte man einen tollen Ausblick auf das Treiben.

„Hast du das auch schon mal ausprobiert?", fragte Ben und zeigte auf eine Gruppe, die beim Stand-up-Paddling gekonnt ihre Runden auf dem Vorbecken des Sorpesees drehte. Die Wassersportart, bei der man sich auf einer Art von aufblasbarem Surfbrett mit Hilfe von einem großen Paddel fortbewegt, war generationsübergreifend beliebt und hatte sich zu einem Trendsport entwickelt. Dabei erforderte sie einen guten Gleichgewichtssinn, um nicht unfreiwillig im kühlen Nass zu landen. Leonie biss ein großes Stück von der Eiswaffel ab, um die Antwort hinauszögern zu können. Bisher hatte sie es nur ein einziges Mal versucht und sich dabei so ungeschickt angestellt, dass sie eine Schulterprellung erlitten hatte. Wenn man für Unsportlichkeit einen neuen Begriff suchen würde, könnte man getrost „Leonie" nehmen, grummelte sie in Gedanken. Doch das konnte sie unmöglich Ben erzählen. Als dieser vor mehr als drei Jahren das Sauerland verlassen hatte, war sie dank der sozialen Medien immer ein Teil seiner Welt gewesen. Mit klopfendem Herzen hatte sie die Videos betrachtet, die ihn bei den verschiedensten sportlichen Höchstleistungen überall auf dem Erdball zeigten. Sei es beim Rückwärtssalto einen Wasserfall hinunter oder beim Hochklettern an einer Felswand. Es war stets wie das Betrachten eines Spielfilmes gewesen, indem man mit dem Helden der Geschichte mitfiebert und sich nichts sehnlicher wünscht, als bei ihm sein zu können. Nun saß sie neben ihrem Actionhelden, unfähig die richtigen Worte zu finden. Blöderweise hatte sie auch mittlerweile das Eis aufgegessen, sodass sie dies nicht mehr als Vorwand nehmen konnte, nicht sofort zu antworten. *„Komm, Leonie, du Memme! Sag ihm die Wahrheit"*, säuselte eine Stimme in ihrem Innern.

„Und hast du es schon ausprobiert?", fragte Ben in diesem Moment erneut.

„Na klar", antwortete Leonie ohne Zögern. „Das macht richtig Spaß!"

„Das ist super! Sollen wir uns die Tage nicht mal Boards leihen und eine Runde auf der Sorpe drehen? Natürlich nur, wenn du Lust hast", fügte Ben rasch hinzu.

„Tolle Idee! Ich freue mich schon", erklärte Leonie und lächelte gequält.

Montag   11.15 Uhr

„Ich habe ihn erschossen", prahlte Hubert Wille mit stolz geschwellter Brust und fügte ein gemurmeltes: „Natürlich nur aus Versehen" hinzu.

„Was macht Sie so sicher, dass Sie Konrad Reich erwischt haben? Immerhin haben doch alle gleichzeitig Schüsse abgefeuert?", fragte Max Knapp und schielte auf seine Schublade, in der sich sein Süßigkeitenvorrat verbarg. Wie gern hätte er jetzt der Verführung nachgegeben. Doch das wäre unprofessionell. Abgesehen davon müsste er höflichkeitshalber seinem Gegenüber etwas anbieten. Nicht, dass es jemals ein Problem für ihn gewesen wäre zu teilen, allerdings bevorzugt an sympathische Zeitgenossen. Natürlich war es als Polizeibeamter äußerst wichtig, jedem Individuum neutral gegenüber zu treten und stets objektiv zu bleiben. Letztendlich blieb man aber auch als Kriminalkommissar in erster Linie ein Mensch. Zum Glück war es ihm bisher immer gelungen, seine wahren Gefühle und Gedanken perfekt zu verbergen. Es war ohnehin nicht das erste Mal, dass er mit Hubert Wille ein Gespräch führte, denn dieser war kein Unbekannter in Sundern und Umgebung. Zwar war er noch nie in irgendwelche kriminellen Machenschaften verwickelt gewesen, was eventuell auch daran lag, dass er bisher Glück gehabt hatte. Schon mehrfach hatte er versucht, sich politisch einen Namen zu machen. Trotz seiner unzähligen Wahlkampfpropaganda schaffte er es allerdings nie, bei Diskussionsrunden seine eigentliche Gesinnung zu verbergen. „Es ist kein böser Wille von dem Wille", nutzte man häufig als Wortspiel, um sich über ihn lustig zu machen.

„Natürlich habe ich ihn getroffen", antwortete Hubert Wille in diesem Moment, „die anderen treffen doch nie etwas."

„Sie geben also zu, Konrad Reich bewusst erschossen zu haben?"

„Nein, natürlich nicht. Ich dachte, ich hätte ein Schwein erwischt", erklärte Hubert Wille mit einem selbstgefälligen Grinsen.

„Verschwinde, du alte Hexe! So was wie du wäre früher auf dem Scheiterhaufen verbrannt worden!", schrie Bauer Egon Krass und fuchtelte mit seiner Mistgabel herum. Für einen Moment war Frieda Engel versucht einen Kommentar abzugeben. Doch stattdessen packte sie wortlos ihren Korb und den Reisigbesen und schlurfte von dannen.

„Ist der Besen kaputt?", schallte es hinter ihr her, begleitet von einem schäbigen Lachen. Jedes Mal, wenn sie in den Wäldern Kräuter oder zu dieser Jahreszeit auch Pilze suchte, geriet sie mit dem Ekel aneinander, stets in der Hoffnung, dass der Choleriker bei einem seiner Tobsuchtsanfälle ums Leben kommen würde. Doch anscheinend hatte der Teufel noch keine Lust, Egon Krass zu sich zu holen. Anders konnte sich Frieda den Umstand nicht erklären, dass dieser ungehobelte Kerl trotz seiner angeschlagenen Gesundheit immer noch auf Gottes wunderschönem Erdboden wandelte, während ihr Ehemann Harald, den sie sehr vermisste, bereits die letzte Reise angetreten hatte. Na ja, zumindest hatte ihr Harald ein anderes Endziel als dieser furchtbare Tyrann. Wie gern würde sie dessen Ehefrau Mathilde von diesem Unhold befreien.

„Hallo, Frau Engel".

Frieda nickte und murmelte freundlich: „Hallo",

bevor sie ihren Weg fortsetzte. Auf diesem Stück begegneten ihr oft Passanten, die ihre Vierbeiner ausführten, oder Radfahrer, die mit ihrem Sport-outfit bis zur Unkenntlichkeit verkleidet waren. Seit Frieda mit ihrem Mann das Haus gekauft hatte, in dem vorher ein gewisser Gacka-Paul gelebt hatte, der einem Mord zum Opfer gefallen war, waren sie auf der Stelle zu einer gewissen Berühmtheit gelangt. Wobei ihre Vorliebe für Kräuter und alternative Heilmethoden das gewis-se Tüpfelchen auf dem i oder besser die perfekte Schaumkrone auf einem frisch gezapften Pils war, das den Nährboden für allerlei Geschichten lieferte. Hinzu kam noch, dass sich viele fragten, warum solch ein betagtes Paar nicht der Bequem-lichkeit vom „Betreuten Wohnen" den Vorrang gab. Hatte dieses nette Pärchen vielleicht etwas zu verbergen? Als dann nach Monaten Harald Engel unerwartet verstarb und Frieda seitdem allein in dem urigen Gemäuer hauste, brachte es die Gerüchteküche zum Brodeln. Frieda Engel umgab seitdem eine Aura von Faszination, die einige fürchteten und andere liebten. Ihre Kurse bei der hiesigen Volkshochschule in Pflanzen-kunde waren innerhalb kürzester Zeit ausgebucht. Darüber hinaus war sie eine Anlaufstelle für ver-letzte Jungvögel, aus dem Nest gefallene Eich-hörnchen und unterernährte Igel. Doch dass sie sich so schnell zu einem unverzichtbaren Mit-glied der Gemeinde gemausert hatte, rief natürlich auch viele Neider auf den Plan. Um den Klatsch und Tratsch um ihre Person anzufeuern, nahm sie stets einen Besen auf ihren Waldausflügen mit. Diese Marotte war durch ihren Mann entstanden, der sie oft als „meine kleine Hexe" bezeichnet hatte, was unter anderem auf ihren Geburtsnamen Witsch zurückzuführen war, der wie das englische Wort für Hexe ausgesprochen wurde. Sie hatte niemandem diese Anekdote aus ihrem Leben verraten. Viel lieber amüsierte sie sich über die Menschen, die sich in ihrem Glauben bestärkt fühlten, wenn sie mit dem Besen ihre Runden drehte. War es nicht eigenartig, dass die meisten innerhalb von Sekunden ein Urteil fällen, ohne sich für Hintergründe zu interessieren? „Guten Tag, Frau Engel. Schöner Herbsttag heute, woll?"

Wieder nickte sie kurz und murmelte: „Hallo, ja sehr schön", bevor sie ihren Weg fortsetzte.

Montag   11.30 Uhr

„Ich dachte, da wäre ein Wildschwein im Feld. Hätte ich gewusst …! Aber alles ging so schnell. Mensch, der Konrad, jetzt ist er hin. Schade!"

„Sie geben also zu, dass Sie ihn erschossen haben?"

„Ich? Nein! Oder doch? Vielleicht. Hm, was haben denn die anderen gesagt?", stammelte Paul

17

Fuchs, der als Dritter im Bunde die Schüsse auf den vermeintlichen Schwarzkittel abgefeuert hatte.

„Nun Herr Fuchs, es ist doch nicht relevant, was die anderen zu Protokoll gegeben haben. Ich möchte Ihre Version des Vorfalles hören", antwortete Max und lehnte sich in seinem Schreibtischstuhl zurück. Paul Fuchs, der zusammengesunken auf dem Stuhl gegenüber kauerte, straffte seine Schultern und blickte Max mit kleinen braunen Augen für einen Moment argwöhnisch an, bevor er mit der Schilderung begann.

„Der Egon Krass hatte uns gebeten, am Sonntag in aller Frühe das Maisfeld mit unseren Hunden zu durchkämmen. Deshalb hatten wir vier uns dort verabredet und, als dann irgendetwas aus dem Feld herauszubrechen drohte, geschossen."

„Hatten Sie sich nicht darüber gewundert, dass Konrad Reich zu diesem Zeitpunkt noch nicht eingetroffen war?"

„Nein", erwiderte Paul und fügte schmunzelnd hinzu: „Letztendlich haben wir ihn ja getroffen. Oh, das hätte ich nicht sagen sollen. Entschuldigen Sie, das war pietätlos."

Max seufzte leise. Dieser Paul Fuchs war schwerer einzuschätzen, als er gedacht hatte. War er nur ein harmloser Mitläufer oder ein Wolf beziehungsweise Fuchs im Schafspelz?

„Herr Fuchs, wir sind erst einmal fertig. Sie können jetzt nach Hause gehen. Aber halten Sie sich bitte zu unserer Verfügung."

Nachdenklich sah Max dem scheidenden Paul Fuchs hinterher, bevor er mit großen Lettern das Wort UNFALL auf einen Notizblock kritzelte, welches er mit einer Reihe von Fragezeichen versah. Alles wirkte eindeutig. Doch da war dieses Bauchgefühl, das seine Familie und Freunde scherzhaft als „Mr. Holmes Eingebung" bezeichneten. Handelte es sich um einen dummen Streich, der außer Kontrolle geraten war? Oder war es ein geplanter Mord? Konrad Reich war nicht gerade als netter Wohltäter bekannt gewesen. Ganz im Gegenteil, noch vor drei Wochen hatte er die Firmenschließung angedroht und zeitgleich massenhaft Kündigungen verschicken lassen. Dabei war es ihm egal, was aus den ehemaligen Mitarbeitern wurde. Woraus er auch keinen Hehl machte. Für ihn zählten nur die Zahlen beziehungsweise der Gewinn. Auch seine drei gescheiterten Ehen zeugten nicht von einem umgänglichen Menschen. Aufgrund seiner eher unsozialen Ader hatte er auf politischer Ebene niemals Fuß fassen können. Was ihn natürlich nicht davon abgehalten hatte mitzumischen. Mittlerweile agierte er im Hintergrund und unterstützte alle, die seine Interessen durchboxten. Wenn man es emotionslos betrachtete, war das Ableben von diesem Individuum kein Verlust. Wohl eher etwas, was der ein oder andere heimlich feiern würde. In diesem Augenblick flackerte das Bild des Sektkorkens vor Max' geistigen Augen auf, den sein Kollege Sven ihm gezeigt hatte, und nahm ihn gedanklich mit auf eine Reise in die Vergangenheit. Zurück zu einem Vorfall, der sich vor ungefähr zwei Jahren ereignet hatte.

Die Kirche war bis auf den letzten Platz besetzt. Doch handelte es sich weniger um eine mitfühlende Geste der Gemeinde als ein persönliches Absichern, dass Sören Pitzel wirklich das Zeitliche gesegnet hatte. Der pensionierte Beamte wohnte noch nicht lange in der schönen Ortschaft Amecke, welche am Südufer des Sorpesees zu finden ist. Er hatte es jedoch innerhalb kürzester Zeit geschafft, eine gewisse Berühmtheit zu erlangen, da er es als seine Aufgabe angesehen hatte, jede Kleinigkeit zu ahnden. Er beschwerte sich über Parkverstöße und meldete ungepflegte Grundstücke, inkorrekte Müllsortierung, laute Partymusik ab 22 Uhr, Hundegebell in der Nacht, Kindergekreische zur Mittagszeit und und und. Eine exakte Auflistung aller Bereiche würde den geplanten Umfang dieses Buches sprengen. Abschließend bleibt nur zu sagen, dass für Sören Pitzel, insgeheim nur Spitzel genannt, ein halb gefülltes Glas weder halb voll noch halb leer war, sondern von vornherein nicht ordentlich gekühlt. Die letzten Silben des Kirchenliedes waren gerade verklungen, als Bäckereifachverkäuferin Anne sich flüsternd an ihren Sitznachbarn

Maximilian Knapp wandte: „Wo auch immer er gelandet sein soll. Na ja, wir wissen ja wo. Aber wie auch immer. Wetten, dass er dort was zu meckern hat?"

Als zivile Person hätte er ihr sofort zugestimmt. Doch als Beamter im Dienst überhörte er den bissigen Kommentar.

„Haben Sie schon einen Verdächtigen?"

Verdammt noch mal! Konnte diese redselige Frau noch nicht einmal warten, bis die Trauerfeier beendet war? Allerdings war er unsicher, was ihn mehr erzürnte: ihre Geschwätzigkeit oder die Tatsache, dass sie einen wunden Punkt angesprochen hatte. Denn im Grunde genommen gehörte jeder der hier Anwesenden zu dem Kreis der Verdächtigen, da ein jeder negative Erfahrung mit dem Verstorbenen gemacht hatte. Seitdem man Sören Pitzel tot auf dem ehemaligen Sterngolfgelände aufgefunden hatte, liefen die Ermittlungen auf Hochtouren. Nach gründlichen Recherchen kam man letztendlich zu dem Schluss, dass Herr Pitzel von einem Sektkorken an der Schläfe getroffen worden war. Dies hatte wohl dazu geführt, dass er stolperte und mit dem Schädel auf eines der vom Grün überwucherten Hindernisse aufgeschlagen war. Da bis zum Auffinden der Leiche einige Tage vergangen waren, hatte das sauerländische Wetter mittlerweile alle brauchbaren Spuren verwischt. Obwohl sich Max Knapp in der Vergangenheit immer auf die Beobachtungsgabe der Einheimischen hatte verlassen können, biss er in diesem Fall auf Granit. Niemand hatte etwas gesehen oder gehört. „Muss ein Unfall gewesen sein." „Aber Korken fliegen doch nicht von allein durch die Luft!" „Es passieren immer mal merkwürdige Sachen. Haben Sie schon gehört…" So waren bisher alle Verhöre abgelaufen, die er in dem Zusammenhang geführt hatte.

„Und haben Sie nun schon einen Verdächtigen?", fragte Bäckereifachverkäuferin Anne erneut.

„Sie wissen doch, dass ich über laufende Ermittlungen nicht sprechen darf. Aber sollten Sie mir etwas beichten wollen. Bitte schön. Dies wäre zumindest ein passender Ort", flüsterte Max und betrachtete sie mit einem geschulten Blick. Zu seiner Verwunderung reagierte sie nicht wie erwartet. Zog sie sein Angebot ernsthaft in Betracht? Der Organist stimmte derweil die letzten Akkorde an, während die Gottesdienstteilnehmer Sitzbank für Sitzbank die Kirche verließen.

„Möchten Sie mir etwas mitteilen?", fragte Max Knapp, kurz bevor seine Gesprächspartnerin den Platz räumte.

„Wie kommen Sie denn darauf?", antwortete diese in einem Tonfall, dass ihm schlagartig bewusst wurde, dass er beim Brötchenholen den Satz: „Die Brötchen sind heute recht klein. Ich packe Ihnen eines mehr in die Tüte", niemals wieder zu hören bekommen würde.

Montag   11.45 Uhr

Sie rannte herum wie ein aufgescheuchtes Huhn und genehmigte sich, sobald sie den Tisch passierte, einen Schluck des rubinroten Sektes. „Es ist wieder passiert."

„Kein Grund hysterisch zu werden. Wir haben ihn doch nicht umgebracht. Konnte doch keiner ahnen, dass die sofort losballern."

„Nun, die wollten doch Schweine töten."

Allgemeines Gelächter erfüllte den Raum. Nur unterbrochen vom Geklirre der Gläser.

„Leute, das ist nicht lustig."

„Irgendwie schon. Auch diesen Mistkerl wird keiner vermissen."

„Aber war das nicht gefährlich, einen Sektkorken vor Ort zu platzieren? Was, wenn man uns auf die Schliche kommt?"

„Das Ding habe ich aus dem Müll gefischt und nur mit Handschuhen angefasst. Keine Ahnung, wen die finden. Uns auf jeden Fall nicht."

Montag   12.00 Uhr

Langsamen Schrittes machte sich Ben auf den Weg zum Parkplatz „Zur schönen Aussicht". Das Treffen mit Leonie war wie eine Konstante in einer Gleichung mit unzähligen Unbekannten. Seit seiner Abwesenheit war die Zeit nicht stehengeblieben. Ganz im Gegenteil, während er in

23

der Welt umhergeirrt war, schienen alle anderen ihren Platz im Leben gefunden zu haben. Selbst sein bester Freund Matheo hatte nach einem halben Jahr im Ausland seine Bestimmung und sein Glück gefunden. Mittlerweile studierte er Wirtschaftsrecht in Köln und lebte mit seinem Freund Vincenz zusammen. „Mensch Ben, du musst einfach nur herausfinden, was dir Spaß macht. Das ist doch nicht so schwer", hatte Matheo ihm bei ihrem letzten Gespräch geraten. Doch aus irgendwelchen undefinierbaren Gründen konnte Ben sich nicht auf eine Richtung festlegen. Das anfängliche Verständnis seiner Eltern, die ihm eine Auszeit gegönnt hatten, war im Laufe der Jahre abgeflaut und mittlerweile auf dem Nullpunkt angelangt. Aber wollte er wirklich in die Fußstapfen seines Vaters treten und eines Tages die Firma übernehmen? Wenn ihn die vergangenen Jahre eines gelehrt hatten, dann dass das Leben recht schnell vorbei sein konnte. Nichts hatte für immer Bestand. Noch nicht einmal die Ehe seiner Eltern, die nach einunddreißig Jahren auf der Kippe stand. „Dein Vater hat ein Verhältnis", hatte ihm seine Mutter schluchzend erklärt und anschließend mit eisiger Stimme verkündet: „Wenn er mich verlässt, bringe ich ihn um."

Frieda saß in der Küche ihres Hauses und trank eine Tasse Ingwertee, wie jeden Tag um Punkt 13 Uhr. Dies war ein Ritual, welches sie schon seit Jahren pflegte und das bei ihrem verstorbenen Gatten Harald stets für Unverständnis gesorgt hatte.

„Wie kann man nur so etwas freiwillig trinken?" hatte er stets angewidert verkündet und sich dabei geschüttelt.

„Das ist gesund."

„Und wenn schon, das überzeugt mich nicht, meine kleine Hexe."

„Durch dich bin ich doch zum Engel geworden."

„Da hast du recht. Und ich bereue diese Entscheidung keinen einzigen Tag."

Frieda seufzte. Sie vermisste ihn mit jedem Tag, der verging, mehr. Er war stets ihr Fels in der Brandung gewesen, ein Ruhepol, der in jeder Lebenslage die richtigen Worte gefunden hatte. Aber war sie wirklich ein Engel? Wäre ein wahrer Engel zu dem fähig gewesen, was sie getan hatte?

„Ach Harald", murmelte sie und nippte an ihrem Tee. Obwohl sie dieses Haus erst vor ein paar Jahren erworben hatten, fühlte es sich wie ihre Heimat an. Zu ihrem Bedauern hatte sie den Vorbesitzer Paul Huckschlag nie persönlich kennenlernen dürfen. Mit Begeisterung hätte sie ergrün-

det, was für eine Art von Mensch dieser Eigenbrötler wirklich gewesen war, den man in Amecke und Umgebung nur unter dem Namen „Gacka-Paul" gekannt hatte. „Das war wegen der Hühner und weil der Alte ein wenig irre beziehungsweise gaga gewesen sein soll", hatte man ihr auf
Nachfrage erklärt. Sie war sich vollkommen sicher, dass der ein oder andere sie auch als verrückt bezeichnen würde. Fehlte nur noch das Fe-
dervieh, dachte Frieda und musste schmunzeln.
Dann streifte ihr Blick den Brief, den sie auf dem
Tisch abgelegt hatte. Dieser kurze Moment reichte aus, um alle Fröhlichkeit aufzusaugen wie ein
trockener Schwamm das Wasser. Nein, heute
würde sie das Schreiben nicht öffnen. Vielleicht
morgen? Oder besser übermorgen. Irgendwann
wäre sie bereit, wann auch immer das sein würde.

Montag   **14.00 Uhr**

Auch dieses Mal war es alles andere als einfach, die Angelegenheit objektiv zu betrachten.
Insbesondere wenn man unsympathischen Zeitgenossen wie Egon Krass gegenübersaß, die in
ihrem ganzen Verhalten Missbilligung darüber
ausdrückten, wie man es überhaupt wagen konnte, ihn in dem Konrad-Reich-Fall vorzuladen.
„Verplempern Sie nicht die Zeit von unbeschol-
tenen Bürgern!", keifte er und probierte den ihm
gereichten Kaffee. „Pah, billige Plörre! Wenn

schon Steuergelder verschwendet werden, könnte doch in ein anständiges Gebräu investiert werden."

Max ignorierte die spöttischen Bemerkungen. Doch insgeheim fragte er sich, wie wohl sein Chef Janus Thal auf diese Beschwerde reagiert hätte? Neben dem Aquarell „Strandspaziergang" gehörte der Vollautomat zu der Ausstattung, die dieser beim Amtseintritt als neue Bereicherung präsentiert hatte. Natürlich hatte jeder Mitarbeiter und jede Mitarbeiterin eine persönliche Einweisung in das „Bedienen des Heiligtumes" über sich ergehen lassen müssen.

„Na, wenn das nach dem Berg nicht eine Talfahrt wird", hatte man im Präsidium mit Anspielung auf die jeweiligen Nachnamen des neuen beziehungsweise alten Chefs gemunkelt. Doch abgesehen von der Vorliebe für Kunst und teuren Kaffee gab es über Janus Thal wenig zu berichten, was natürlich dazu führte, dass allerlei Mutmaßungen und Gerüchte die Runde machten. Fakt war, dass dieser zusammen mit seiner Ehefrau Diana ein im modernen Stil gebautes Haus in Langscheid erworben hatte, welches nur durch eine lange Einfahrt zu erreichen war und von seinen beiden Schäferhunden bewacht wurde, die ihre Aufgabe sehr ernst nahmen. Kurzum war es eine Festung, die nur eine Botschaft übermittelte: Besucher unerwünscht! Bisher war es Max immer gelungen, persönliche Treffen in der Freizeit zu vermeiden, obwohl er Janus Thal schon mehrfach von weitem gesichtet hatte, wenn dieser seine vierbeinigen Lieblinge Thor und Odin am Sorpesee ausführte. Erst letzte Woche, als er mit seinen Kindern Elias und Emilia-Hanna den Spielplatz „Am Westufer" aufgesucht hatte, war er Zeuge der Machtdemonstration geworden. Es war immer zum neidisch werden, denn im Gegensatz zu seinen Sprösslingen gehorchten die Wachhunde ihrem Herrn aufs Wort. Das Szenario erinnerte Max immer an eine Fernsehserie aus den achtziger Jahren, die er mal mit Freunden gesehen hatte. Eine Story über einen Privatdetektiv, der auf dem Anwesen eines Schriftstellers wohnte, welches von einem kauzigen Verwalter mit seinen zwei Dobermännern bewacht wurde. Janus Thal verkörperte in seinen Augen die jüngere, sportlichere Version dieser Filmrolle.

„Herr Krass, es tut mir leid, wenn Ihnen der Kaffee nicht mundet. Aber kommen wir zurück zum Geschehen. Sie haben die Herren Hubert Wille, Paul Fuchs und Wilfried Ehrlich sowie Konrad Reich also beauftragt, Wildschweine in ihrem Feld aufzuspüren?"

„Was soll die Frage? Sie kennen doch bereits die Antwort!", giftete Egon Krass.

„Kannten Sie Herrn Reich persönlich?"

„Wir leben auf dem Land!"

„Was soll das heißen?"

„Sagen Sie mal, sind Sie begriffsstutzig? Sie

28

wohnen doch auch in Amecke. Man kennt sich halt und trinkt mal auf dem Schützenfest ein oder zwei Bierchen zusammen."

„Sie waren also befreundet?"

„Nein!", schnaufte Egon Krass wie ein wütender Stier kurz vor dem Angriff. „Wir sind doch auch keine Freunde, obwohl wir diese Kaffeeplörre zusammen getrunken haben. Obwohl solche gemeinsamen Nahtoderlebnisse natürlich zusammenschweißen", ergänzte Egon Krass und lachte über seinen eigenen Witz, als müsste er als Entertainer eine gut gefüllte Veranstaltung im Haus des Gastes beschallen. Es kam nicht häufig vor, dass Max hin- und hergerissen war, für wen er mehr Antipathie empfand, denn Hubert Wille und Egon Krass lieferten sich ein Kopf-an-Kopf-Rennen um den ersten Platz. Dabei störte ihn nicht die direkte Art der beiden, da diese Eigenschaft zum sauerländischen Naturell gehörte wie das Salz in der Suppe. Nein, es war vielmehr deren Arroganz, die er verabscheute. Bis zum jetzigen Zeitpunkt hatte sich der Kontakt mit den beiden Spezies zum Glück nur auf belanglose Begrüßungen bei zufälligen Begegnungen im Dorfladen, im Restaurant, in der Kirche oder auf lokalen Festen beschränkt.

„Herr Krass, gestatten Sie mir noch eine letzte Frage?"

„Hm, warum fragen Sie das? Sie nerven mich doch ohnehin, ganz egal was ich antworte."

„Da haben Sie nicht Unrecht. Ich möchte nur

noch von Ihnen wissen, ob Ihnen etwas Verdächtiges aufgefallen ist."

„Nein."

„Gut, dann bedanke ich mich bei Ihnen für das informative Gespräch. Sie können dann gehen, Herr Krass", sagte Max und kritzelte ein Wort auf seinen Notizblock, welches die ganze Zeit durch sein Gehirn spukte: *Sektkorken.*

Montag   14.10 Uhr

„Wenn das kein Grund zum Anstoßen ist, wo wir alle so nett zusammengekommen sind", spottete Richard Förster und musterte alle Anwesenden mit einem abfälligen Blick. Ben hatte sich neben seine Mutter gesetzt, während ihnen gegenüber Valerio Stark, der Geschäftspartner und langjährige Freund der Familie, Platz genommen hatte.

„Also trinken wir einen Sekt. Oder lieber Champagner? Rotwein? Oder doch etwas Härteres?"

„Ich denke, wir sollten beim Reden einen klaren Kopf behalten", antwortete Valerio Stark und schaute zum wiederholten Mal auf seine Smartwatch, die unaufhörlich eine Nachricht nach der anderen verkündete.

„Bist ein vielbeschäftigter Mann, Valerio. Solltest mal mehr Zeit in die Firmenbücher investieren", erklärte Richard Förster mit eisiger Miene, während er sich ein Glas Whisky einschüttete.

„Was willst du damit andeuten?"

Ben verfolgte das Geschehen interessiert und wünschte sich insgeheim, dass es sich um einen Film handeln würde, den man mit einem Knopfdruck auf der Fernbedienung umschalten kann. Stattdessen befand er sich mittendrin in diesem Wirrwarr, welches er nicht kontrollieren konnte. Genau an diesem Punkt hatte er vor einigen Jahren die Entscheidung gefällt, ins Ausland zu gehen. Doch dieses Mal gab es keine Flucht, keine Möglichkeit dem Trauma zu entrinnen. Seine Mutter stierte derweil Löcher in die Luft. Nur ein leises Schluchzen verriet, dass es sich um eine lebendige Person handelte und nicht um eine achtlos weggeworfene Puppe. Noch nie hatte er seine Mutter in solch einem desolaten Zustand gesehen. Alles wirkte wie eine Inszenierung, die immer mehr zur Tragödie abdriftete.

„Mir sind Unstimmigkeiten bei der Bilanz aufgefallen", warf in diesem Moment sein Vater ein.

„Oh, bist du mit Zoe Terell darauf gestoßen? Ihr beiden habt in letzter Zeit recht eng zusammengearbeitet."

Zoe schien das Triggerwort, welches seiner Mutter Nola wieder Leben einhauchte. Sie stand plötzlich auf und ging zum Tisch. Wortlos öffnete sie eine Sektflasche. Ungeachtet der Tatsache, dass der Korken Ben nur um Haaresbreite verfehlte und unzählige Tropfen das Mobiliar bespritzten, genehmigte sie sich einen Schluck aus der Flasche. Danach wandte sie sich um und verkündete mit einer Stimme, die Ben das Blut in den Adern gefrieren ließ: „Zoe. Darum kümmere ich mich."

Montag   14.30 Uhr

Sie hatten es sich auf einer Bank in der Nähe der Schiffsanlegestelle gemütlich gemacht und genossen das Treiben um sich herum.
„Wir müssen uns wieder auf den Weg machen, bevor Egon nach Hause kommt", sagte Mathilde und Frieda konnte die Angst förmlich spüren, die mit jeder Silbe mitschwang. Sie konnte sich keinen vernünftigen Grund ausmalen, der rechtfertigte, dass eine warmherzige Frau wie Mathilde diesen Choleriker überhaupt zum Mann genommen hatte. Gedankenverloren leckte sie weiter ihr Eis, welches sie am Eiswagen erworben hatten. Die Freundschaft zwischen ihr und Mathilde hatte den Ursprung in dem Volkshochschulkurs *Kräuterkunde anno dazumal*, den Frieda als Dozentin geleitet hatte. Frieda hatte schon immer ein besonderes Gespür für Menschen entwickelt, die in Nöten sind. Ihr Harald hatte stets gesagt: „An dir ist eine Psychologin verloren gegangen. Du wärst eine absolute Koryphäe auf diesem Gebiet geworden, meine kleine Hexe." „Quatsch, das ist doch der gesunde Menschenverstand. Den hat doch jeder." „Du bist wie immer viel zu beschei-

den, mein Hexenengel." Ach, Harald war immer ihr größter Bewunderer gewesen. Doch jetzt war nicht der Zeitpunkt, um sich in Erinnerungen zu verlieren. Es galt im Hier und Jetzt eine Stütze für eine Person zu sein, die nach dem Ableben ihres Gatten wahrscheinlich eine Art von Erleichterung empfinden würde. Da Egon Krass zu der Sorte Mensch gehörte, die das eigene Zuhause, ganz zu schweigen vom Sauerland, nur in den seltensten Fällen verließen und jede Fahrt in die benachbarten Gemeinden einer Reise zum Äquator gleichkam, war ein unbeschwertes Treffen mit Mathilde eine absolute Seltenheit. Um dem Tyrannen zu entkommen, gab sie oft vor, dass sie beim wöchentlichen Einkauf etwas vergessen hatte. Abgesehen davon bestellte sie gern im Versandhandel, um einen Vorwand zu haben, die nicht passenden Kleidungsstücke in der Paketstelle im Dorfladen von Amecke abgeben zu können. Natürlich sparte Egon nicht mit bissigen Kommentaren, wobei: „Du schusselige Kuh! Wozu hast du denn einen Kopf? Auch neue Klamotten machen aus einem hässlichen Entlein noch keinen Schwan", zu den nettesten Bemerkungen gehörten. Da Egon nach Meschede zum Präsidium gefahren war, hatte Mathilde einen zeitlichen Spielraum, den es optimal zu nutzen galt. Daher hatte sie Frieda mit ihrem Kleinwagen abgeholt, um das tolle Wetter am Sorpesee zu verbringen. Der goldene Oktober machte heute seinem Namen alle Ehre. Der strah-

lend blaue Himmel und das bunt gefärbte Laub
der Bäume boten eine Farbenpracht, die vergessen ließ, dass sich die dunkle Jahreszeit näherte.
Frieda verspeiste derweil den Rest der Eiswaffel
und folgte Mathilde.

„Was machen eigentlich deine Kinder, Mathilde?
Gibt es etwas Neues?", fragte sie, bemüht mit
Mathilde Schritt zu halten. Im Gegensatz zu ihrer
Ehe, die kinderlos geblieben war, hatten Egon
und Mathilde drei Nachkommen in die Welt gesetzt. Doch Egon hatte den Kontakt abgebrochen,
da keiner den Hof hatte übernehmen wollen. Wie
schrecklich musste es für Mathilde sein, ihre
Sprösslinge und mittlerweile fünf Enkel nicht
besuchen zu können, dachte Frieda und stoppte
im letzten Moment, um einen Aufprall mit Mathilde zu vermeiden, die abrupt stehengeblieben
war.

„Habe ich dir das noch nicht gezeigt?", murmelte
diese und begann in ihrer Handtasche herumzu-
wühlen. Endlich gelang es ihr das ersehnte Objekt
zu finden. Etwas unbeholfen bediente sie das
Mobiltelefon und präsentiere Frieda ein Foto.
„Das hat mir Rudolf geschickt. Sind die beiden
nicht süß?" Rudolf war der älteste Sohn und lebte
mit der Familie in Hamburg. Auf dem Bild strahlten die Zwillinge Marissa und Marlon in die Ka-
mera und winkten.

„Sehr niedlich", antwortete Frieda, unfähig mehr
Worte zu verlieren, da der Groll gegenüber dem

Miesepeter Egon immer mehr wuchs. Als Mathilde das Handy wieder in die Tasche steckte, kullerten Tränen ihre Wangen hinunter.

„Oh", sagte sie schniefend, „da habe ich wohl zu viel Zugluft abbekommen. Meine Augen sind recht empfindlich." Frieda lächelte gequält und schluckte den Einwand, dass es doch vollkommen windstill sei, hinunter. Den Rest des Weges legten sie schweigend zurück. Wobei Frieda sehr dankbar darüber war, denn so hatte sie mehr Zeit sich den finsteren Gedanken hinzugeben, die ihren Verstand beherrschten.

Montag   15.30 Uhr

Mit einer teuflischen Bosheit schlug sie immer wieder mit dem Hammer auf seinen Schädel ein. Als dieser endlich zerbarst, verteilte sich die Gehirnmasse wie Maden, die aus fauligem Fleisch krochen. Seine weit aufgerissenen Augen starrten sie erstaunt an.

„Guck nicht so blöd! Hast du dir selber zuzuschreiben", erklärte sie dem leblosen Körper. Nur mit Mühe und Not konnte sie den Drang unterdrücken, weiterhin auf ihn einzuprügeln. Es war kein geplanter Angriff gewesen, sondern eine glückliche Fügung des Schicksals, die es ihr ermöglicht hatte, die längst überfällige Exekution in die Tat umzusetzen. Beim Versuch eine weitere abscheuliche Jagdtrophäe an die Wand zu hän-

gen, war er gestolpert und mit dem Kopf auf die Tischkante geschlagen. Was danach geschehen war, konnte sie im Einzelnen gar nicht mehr rekonstruieren. Sie hatte nur gehandelt, reagiert wie ein Soldat im Gefecht, der eine Maschinengewehrladung nach der anderen abfeuert. Endlich war der Tyrann hin! Das Schikanieren und Nörgeln hatte ein Ende. Vielleicht sollte sie seinen Kopf auch präparieren und zwischen dem toten Viechzeug dekorieren? Sie lachte auf. Diese absurde Idee gefiel ihr. Wer würde schon Verdacht schöpfen? Allerdings wäre er dann immer noch präsent und ein Teil ihres weiteren Lebens. Nein, das musste auf jeden Fall verhindert werden. Wäre es nicht besser, ihn zu zerstückeln und mit den Überresten einen Eintopf zu kochen? Bevor jemand ihn vermissen würde, wäre er verdaut. „Hm", murmelte sie und betrachtete den Leichnam ausgiebig wie ein Künstler sein Gemälde. Nein, sie konnte ihn nicht der Familie und Freunden als Mahlzeit kredenzen. Das hätten sie nicht verdient. Obwohl die Sache mit dem Verspeisen schon eine gute Idee wäre, um die sterblichen Überreste nachhaltig zu entsorgen. Mit einem breiten Grinsen auf den grell geschminkten Lippen machte sie sich auf den Weg in den Keller. Dort öffnete sie vorsichtig die Tür zu seinem Reich. Bis ihr auf einmal bewusst wurde, dass er keinen Einwand mehr einlegen konnte, wenn sie ihn hier aufsuchte. Neugierig schaute sie sich um.

Neben der Jagd hatte er sich auch für den Amazonas interessiert. Zufrieden betrachtete sie das riesige Aquarium, das als Raumteiler diente. Sie war sich vollkommen sicher, dass die Piranhas ihn zum Fressen gern haben würden. Allerdings müsste sie ihn immer noch zu kleinen Portionen verarbeiten. Sie würde schnell handeln müssen und für eine Zeitlang den Schein aufrechterhalten, dass ihr Göttergatte noch unter ihnen weilte. Der ortsansässige Kommissar war ein gewiefter Ermittler, der mit seinem tierischen Begleiter eine beachtliche Aufklärungsquote vorzuweisen hatte. Den stahlblauen Augen entging nicht das kleinste Detail. Tja, das war ein echter Kerl, der die Frauenherzen höherschlagen ließ.

„Sehr schön", sagte Jonas Blitzke und unterstrich den letzten Satz des Skripts. Nachdem er mit dem Buch „Mein Leben mit Walter" schriftstellerische Erfolge hatte feiern können, hatte sich sein Dasein schlagartig verändert. Vom nichtbeachteten Lokalreporter zum gern gesehenen Gast bei regionalen und überregionalen Veranstaltungen, wo er mit seiner Natürlichkeit und Unerfahrenheit punktete. Vorbei die Zeit, in der er Alkohol benötigte, um zu glänzen. Vorbei die Zeit, in der die Damenwelt ihn belächelte, wenn er Interesse an ihr hegte. Endlich war er den Schattenseiten des Lebens entkommen. Und all dies verdankte er seinem gefiederten Mitbewohner Walter und Kommissar Maximilian Knapp, der ihm diese

Wohngemeinschaft nach dem Ableben der früheren Besitzerin Gudrun Bärenklein aufgezwungen hatte. Wer konnte zu diesem Zeitpunkt ahnen, dass sich das Ganze zu einem absoluten Glücksfall entwickeln würde. Der Ara Walter, der anfangs nur den Satz: „Du bist doof", vor sich hinplappern konnte, hatte mittlerweile noch einige andere „Weisheiten" auf Lager, die das Publikum bei Lesungen stets begeisterten. Nun war ein Verlag an ihn herangetreten, mit der Bitte, einen Krimi über ihn und seinen Papagei als Ermittlerduo zu schreiben.

„Vielleicht sollten wir den Kommissar um Rat fragen. Was meinst du, Walter?"

„Klaro", krächzte der Angesprochene und schüttelte sein Gefieder.

Montag   15.30 Uhr

Obwohl seit dem Treffen mit Ben bereits einige Stunden vergangen waren, schwebte Leonie immer noch auf Wolke sieben. Alles war zu schön, um wahr zu sein. Dieses Mal würde sie nicht zulassen, dass er sie wieder verließ. Allerdings galt es erst einmal, diese sportliche Herausforderung zu meistern. Allein der Gedanke, dass er sie wegen ihrer mangelnden Fitness belächeln könnte, bereitete ihr Unbehagen. Wie sollte sie in der kurzen Zeit zu einer adrenalinsüchtigen Abenteurerin mutieren?

„*Er gehört immer noch zu mir*", höhnte eine Stimme in ihrem Schädel.

„Sei still, Hanna! Du bist keine Konkurrenz mehr", raunte Leonie und betrachtete ihr Spiegelbild wohlwollend. Dann schlenderte sie in die kleine Küche, um einen Cappuccino zuzubereiten. Während der Kaspelautomat summte und brummte, betrachtete sie die Fotos von Ben, die er in den sozialen Netzwerken gepostet hatte. Unfassbar, was er alles erlebt hatte! Nun, auch sie war in den vergangenen Jahren nicht untätig gewesen. Immerhin hatte sie die Ausbildung mit hervorragenden Leistungen abgeschlossen und seit drei Monaten das elterliche Nest verlassen, um in eine eigene Wohnung nach Allendorf zu ziehen. Zugegebenermaßen klang die Aufzählung ihrer Verdienste im Vergleich zu Bens Erlebnissen eher spießig und langweilig. Mit der Tasse in der Hand setzte sie sich auf einen Stuhl und starrte auf den Milchschaum des Kaffeegetränkes, als könnte sie in der Flüssigkeit die Zukunft lesen. An manchen Tagen vermisste sie die unbeschwerten Tage der Kindheit. Verrückt, dass sie mit ihren dreiundzwanzig Jahren bereits dazu neigte, sich in einer Art von Nostalgie zu verlieren. Es schien Ewigkeiten her zu sein, dass sie auf dem Allendorfer Spielplatz unbekümmert herumgetobt war. Vielleicht wäre jetzt der richtige Zeitpunkt dem Alltagstrott zu entfliehen? Schließlich gab es keine Garantie für ein langes und erfülltes

Leben. Schmunzelnd kam ihr auf einmal Herr Heinz-Otto Schulte-Vliess mit seiner Gattin in den Sinn, die in die nahe gelegene Altenwohnanlage gezogen waren. Die beiden Senioren bewältigten in inniger Zweisamkeit mehrmals am Tage ihre Runden mit dem Rollator, wobei sie sich zur Belustigung aller immer lautstark unterhielten, da Herr Heinz-Otto Schulte-Vliess stets sein Hörgerät vergaß. Leonie seufzte und trank bedächtig einen Schluck nach dem anderen. Wäre Ben Förster der Mann, mit dem sie später einmal ihre Runden im Park drehen würde?

Montag   17.00 Uhr

Es war ungewohnt, in ein fast leeres Haus zu kommen. Kein Kinderlachen, kein Gezeter, kein Geklapper, kein freundliches Begrüßungsritual, nur das anklagende Miauen von dem schneeweißen Maine-Coon-Kater Merlin, der dezent darauf hinwies, dass eine Befüllung des Futternapfes mehr als überfällig war.
„Ja ja, ich beeile mich."
Nachdem Max nur mit Mühe und Not verhindern konnte, dass er beim Befüllen der Schüssel nicht über den imposanten Kater stolperte, der mehrmals um seine Beine strich, gab er Katzendame Fee ihre Arznei. Leider hatte man bei ihr eine Herzschwäche diagnostiziert, deren Symptome und Beschwerden durch die Gabe des Medika-

ments verbessert wurden. Beide Stubentiger waren schon an seiner Seite, als seine erste Ehefrau Marie bei einer Wanderung in den Bergen ums Leben gekommen war. Gedankenverloren kauerte er auf dem Fußboden und streichelte Fee durch das samtweiche Fell. Er hatte den Eindruck, dass sie die Sonderbehandlung, die sie durch die Erkrankung errungen hatte, in vollen Zügen genoss. Während sie sich wohlig rekelte und schnurrte, betrachtete Max die Fotos und Texte, welche Jule ihm bisher geschickt hatte. Seine Ehefrau Jule war mit den gemeinsamen Kindern Elias und E-milia-Hanna, sowie Jules Freundin Sammy mit deren Tochter Ella für ein paar Tage zur Nordsee gefahren. Dies war eine sehr spontane Entscheidung gewesen. Sammys Ehegatte war beruflich verhindert. Doch da es für den Ferienhof „Frohsinn" kein Problem darstellte, in den Räumen noch ein paar Betten dazuzustellen, hatte Sammy mit ihrer quirligen Art Jule überzeugt mitzufahren. Elias war allerdings anfangs etwas skeptisch gewesen, da er sich das Zimmer mit den zwei Mädchen teilen sollte. Doch die Aussicht, Urlaub auf einem Bauernhof verbringen zu dürfen, der nicht weit vom Meer entfernt liegt, hatte ihn schnell umgestimmt.

„Macht es dir auch wirklich nichts aus, mein Schatz?", hatte Jule gefragt, während sie schon alle nötigen Utensilien in den Taschen verstaut hatte.

„Nein, natürlich nicht. Ich bin schließlich nicht allein im Haus, da Merlin und Fee mir Gesellschaft leisten werden. Außerdem seid ihr nur ein paar Tage weg. Das passt doch alles hervorragend. Ich habe doch ohnehin erst ab der zweiten Ferienwoche Urlaub. Genießt die Seeluft!" Im Nachhinein musste er feststellen, dass eine frühere Planung dazu beigetragen hätte, dass mehr Essbares im Haus gewesen wäre.

„Tja", sagte Max und erhob sich etwas schwerfällig vom Boden, „dann werde ich mir mal etwas zu essen machen." „Es sei denn …, hm … nun, für den ersten Hunger." Voller freudiger Erwartung machte er sich auf den Weg zum Schrank, in dem die Süßigkeiten aufbewahrt wurden. Doch enttäuscht musste er feststellen, dass Jule seiner Bitte, weniger zu besorgen, da er an Gewicht zugelegt hatte, bereits nachgekommen war. Mist, verdammter! Warum hatte sie nicht wenigstens ein oder zwei Tafeln Schokolade mitbringen können? Das hätte doch nicht geschadet. Gut, dass er zumindest im Büro noch ein paar Restbestände hatte. Missmutig ging er in die Küche, um den Inhalt des Kühlschrankes zu inspizieren. Als sein Blick auf einer Sektflasche haften blieb, fasste er einen Entschluss.

Nicht einfach, das perfekte Mordkomplott auszutüfteln, wenn man auf diesem Gebiet bisher noch keine Erfahrungen gemacht hatte. Eines war gewiss, es wäre bestimmt mehr als stümperhaft im Internet zu recherchieren. Erschießen? Erhängen? Erstechen? Nein, das kam alles nicht in Frage. Was Spektakuläres musste her. Aber was? Vergiften? Der Zeitpunkt wäre ideal, da gerade im Wald jede Menge Pilze wuchsen. Blöderweise kannte sie sich in Mykologie nicht aus, was bedeuten würde, einen Mitwisser mit ins Boot nehmen zu müssen. Außerdem war das auch nicht gerade eine außergewöhnliche Tötungsart. Bereits in früheren Zeitepochen erledigte man auf diese Weise unbequeme Kontrahenten und nicht immer war diese Methode von Erfolg gekrönt. Selbst Schneewittchen konnte nach dem Biss in einen giftigen Apfel gerettet werden. Bei diesem absurden Gedanken musste sie schmunzeln und murmelte: „Ich bin ohnehin die Schönste im Kreis Sundern." Selbstverliebt drehte sie sich zum Spiegel und betrachtete ihre sportliche Figur. „Na, wer ist die Schönste? Du wirst mir doch nicht widersprechen?", kicherte sie und schenkte sich ein Glas Sekt ein. Wäre doch schade, ihn schal werden zu lassen. Schließlich hatte sie bei der Zusammenkunft am frühen Nachmittag nur kurz daran genippt. Während das prickelnde Getränk ihre Speiseröhre hinunterrann, kam ihr ein Film in den Sinn, den sie vor nicht allzu langer Zeit gesehen hatte. Ein Täter machte seine Opfer mit Hilfe von Hypnose willenlos. Es genügte ein bestimmtes Wort, um die Personen agieren zu lassen. Wenn man jemanden dazu bringen würde, freiwillig vom Schombergturm bei Wilde Wiese zu springen, dessen Aussichtsplattform in dreißig Meter Höhe zu finden war, könnte man mühelos die Ermittler davon überzeugen, dass es sich um eine Verzweiflungstat gehandelt hätte. Das würde auch verhindern, dass die Zeitungen darüber berichteten. Allerdings bestünde die Gefahr, dass der oder diejenige den Sturz schwerverletzt überlebte. Doch das allergrößte Problem bei dieser Aktion wäre zweifelsohne, einen Hypnotiseur im Sauerland ausfindig zu machen, ohne Aufmerksamkeit zu erlangen. Selbst wenn dies gelänge, hätte man wieder dieses Mitwisser-Risiko. Verflixt! Es war einfacher heraus zu posaunen, dass man sich kümmert, als den Worten Taten folgen zu lassen. Vielleicht sollte sie zu einem Rundflug einladen? Das wäre doch eine nette und vor allem besondere Geste. Und sie wusste auch schon wohin. Zum Kohlberg in Neuenrade. Denn dorthin waren die gigantischen Windräderflügel, die vor nicht allzu langer Zeit in der Nähe gelagert hatten, transportiert und mittlerweile verbaut worden. Die messerscharfen Zacken an den Enden der Flügel dienten dazu, den Geräuschpegel zu senken Aber sie wären auch hilfreich, wenn man beim Darüberfliegen jemandem einen kleinen Schubs geben könnte. Der Abstecher… Bei diesem Wort musste Nola leicht kichern. Welch tolles Wortspiel, dachte sie, bevor sie sich weiter ihren finsteren Plänen hingab. Nun, der Trip zum Kohlberg würde keinen Verdacht aufkommen lassen, da die zweihundert Meter hohen Windräder ohnehin zu einem Publikumsmagneten geworden waren. Blöd nur, dass niemand sich so einfach aus einem Hubschrauber schmeißen lassen würde. Ganz abgesehen davon, dass es nahezu unmöglich war genau zu zielen. Schade eigentlich, dachte Nola und lächelte boshaft, während sie sich den aufgespießten Körper vorstellte, der wie eine leblose Puppe am Flügel baumelte. „Apropos Spieß", murmelte Nola, „Habe ich heute überhaupt schon etwas Vernünftiges gegessen?"

Montag   19.30 Uhr

„Hat es Ihnen geschmeckt?"
„Wie immer, ausgezeichnet. Was bin ich Ihnen schuldig?"
„Das macht 23,80 €."
„Hier bitte. Der Rest ist für Sie."
„Vielen Dank und Ihnen noch einen schönen Abend, Herr Kommissar."
„Das wünsche ich Ihnen auch.", erwiderte Max

und ließ den Blick schweifen. An diesem lauen Herbsttag hatte er sich hinreißen lassen, im Außenbereich Platz zu nehmen. Die Tische waren mit Kerzen und kleinen Kürbissen dekoriert und ein Strahler am Haus sorgte für eine gemütliche Beleuchtung. Decken auf den Stuhllehnen sorgten, wenn gewünscht, für die Behaglichkeit und Wärme, obwohl es in dieser ersten Oktoberwoche noch erstaunlich mild war. Dies Wetterphänomen trug dazu bei, dass noch einige andere Tische im Außenbereich belegt waren, sodass Max seiner Lieblingsbeschäftigung, dem Beobachten der Gäste und der vorbeieilenden Passanten, frönen konnte. Dabei reichte ihm ein kurzer Moment, um sich ein Bild von der Person zu machen. Sein Blick blieb am Nachbartisch hängen, an dem drei Frauen saßen, die offensichtlich etwas zu feiern hatten, denn auf dem Tisch stand eine Flasche Sekt. Es erschien wie ein Aha-Erlebnis, welches einem begegnet, wenn jemand aus dem Bekanntenkreis ein neues Auto kauft. Selbst wenn man vorher von dieser Marke noch nie etwas gehört hat, scheint auf einmal die Straße von diesen Vehikeln bevölkert zu sein. Bei Max waren es allerdings keine Boliden, die ihn verfolgten, sondern prickelnde Getränke, die sich überall nahezu aufdrängten. Auf dem Fußweg zur Gaststätte hatte er dem ehemaligen Gelände der Sterngolfanlage einen Besuch abgestattet, die mittlerweile dem Bagger zum Opfer gefallen war, da in unmittelbarer Nähe eine Seniorenresidenz errichtet wurde. Doch noch vor kurzem hatte man eindrucksvoll erkennen können, wie die Natur sich das Terrain Stück für Stück zurückerobert hatte. Ein verlassener Ort, an dem Büsche, Gräser und Wildpflanzen die Bahnen überwucherten und über den ehemaligen Tatort, im wahrsten Sinne des Wortes, Gras wachsen ließen. Denn in dieser ehemals apokalyptischen Kulisse war vor einigen Jahren Sören Pitzel ums Leben gekommen. Die Umstände der Tat waren nie aufgeklärt worden. Fakt war, dass Herr Pitzel Leben durch den Sturz auf eines der Hindernisse ein vorzeitiges Ende gefunden hatte. Allerdings hatte ihn vorher ein Gegenstand an der Schläfe getroffen, der mehr oder minder zu seinem Stolpern geführt hatte. Die Vermutung lag nahe, dass es sich bei diesem Objekt um einen Sektkorken gehandelt haben muss, der die unglückliche Kettenreaktion ausgelöst hatte. Leider hatte man damals aufgrund der schlechten Wetterverhältnisse keine brauchbaren Spuren finden können. Da Angriffe von wahllos durch die Gegend schwirrenden Sektkorken eher ins Reich der Fantasie gehören, suchte man fieberhaft die Personen, welche in diesen Vorfall involviert gewesen sein müssten. Obwohl Max das Gefühl nicht losgelassen hatte, dass der ein oder andere Bewohner von Amecke wusste, wer sich zu dem Zeitpunkt dort aufgehalten hatte, blieben die Gesuchten Phantome. Aber was hatten Sören Pitzel und Konrad Reich für Gemeinsamkeiten? Was verband die ungewöhnlichen Fälle? Oder war der Sektkorken eine falsche Fährte, die ihn in die Irre führen sollte?

„Hallo, Herr Kommissar."

Max zuckte zusammen, als er in das Gesicht seines Gegenübers blickte.

„Hey, warum so schreckhaft? Haben Sie was zu verbergen?" Noch bevor Max etwas erwidern konnte, lachte Hubert Wille über seinen Wortwitz in einer Lautstärke, die jede Konversation im Keim erstickte. Doch so schnell wie das Gelächter begonnen hatte, verebbte es auch.

„Haben Sie schon was herausgefunden?", verlangte Hubert Wille im gleichen Atemzug zu wissen und beugte sich noch näher über den Tisch, sodass Max jede Pore der Haut erkennen konnte.

„Wie Ihnen bekannt ist, stehen wir noch am Anfang der Ermittlungen", antwortete Max und rückte mit dem Stuhl ein wenig nach hinten. „Außerdem bin ich nicht befugt, mit Ihnen Ermittlungsergebnisse auszutauschen."

„Aber, aber, wer wird denn gleich förmlich werden. Wir haben zwar vorher noch nie viele Worte gewechselt, aber trotzdem kennen wir uns doch schon lange. Sie können mir vertrauen.", lächelte Hubert Wille und streckte ihm die Hand entgegen. Ein Pakt mit dem Teufel, dachte Max, und sagte: „Das freut mich", ohne die Geste zu erwidern.

„Ach übrigens, Sie müssen mich jetzt entschuldigen, Herr Wille. Ich bin leider zeitlich unter Druck." Mit diesen Worten stand er auf und eilte, ohne sich noch einmal umzublicken, davon. Er konnte den hasserfüllten Blick von Hubert Wille in seinem Rücken nahezu spüren, den er wie einen Trottel hatte stehen lassen.

„Du verbirgst doch was", murmelte Max, während er den Weg entlang ging. In dem Moment, als er den Zebrastreifen überquerte, läutete sein Mobiltelefon. Schon am Klingelton erkannte er, dass es sich um einen Anruf seiner Frau handelte. Immer wenn sie anrief, konnte er nicht verhindern, dass ein Anflug von Angst von ihm Besitz ergriff, bis er sicher war, dass ihr und den Kindern nichts passiert war. Ohne ein bestimmtes Ziel, schlenderte er weiter, während er den Erlebnissen seiner Familie lauschte.

„Papi, stell dir vor, wir sind mit einer Fähre gefahren. Papi, ich habe am Strand Muscheln gefunden. Papi, Elias durfte auf einen Trecker mitfahren…." Als sie nach einer Weile das Gespräch beendet hatten, stellte er mit Erstaunen fest, dass er zum Friedhof gegangen war. Er zögerte nur den Bruchteil einer Sekunde, bevor er das Tor öffnete und hindurchschritt. Im Licht der Handytaschenlampe ging er zielstrebig die Reihen entlang. Er konnte nicht sagen, was ihn dazu trieb. Es war eine Intuition, ein plötzlicher Drang. Als er das Urnengrab, auf dem ein Stein in Form einer Wolke verriet, wer hier die letzte Ruhestätte gefunden hatte, erreicht hatte, verharrte er schweigend. Unzählige Gedanken schossen durch seinen Kopf. Doch keiner davon war greifbar.

Montag   19.30 Uhr

In seinem Zimmer war die Zeit seit seiner Abreise vor nunmehr drei Jahren stehengeblieben. Eigentlich hatte er sich die Rückkehr glorreicher vorgestellt. Ohne Frage, er hatte tolle Orte bereist und Erfahrungen gesammelt, die er nicht missen wollte. Doch im Moment fühlte er sich, als hätte er intensiv für eine Mathematikklausur gebüffelt, um festzustellen, dass eine Deutscharbeit auf dem Stundenplan steht. Matheo hatte ihm wieder einmal geraten, alles liegen und stehen zu lassen und nach Köln zu kommen. Die Aussicht seinen Freund wiederzusehen, war sehr verlockend. Auf der anderen Seite wäre er nur das fünfte Rad am Wagen, da er die traute Zweisamkeit von Matheo und Vincenz stören würde. Nein, eine Fahrt ins Rheinland wäre gleichzusetzen mit einer Flucht vor den Problemen, die sich wie eine unüberwindbare Mauer vor ihm aufgetürmt hatte. Wieder einmal nahm er sein Mobiltelefon in die Hand, um den Chatverlauf zu überprüfen, als würde sich die Lösung darin finden. Es war einfacher, Wasserfälle im Rückwärtssalto zu überwinden, als die richtige Entscheidung in dieser verworrenen Situation zu fällen. Bisher waren seine Eltern stets offen für alle seine persönlichen Belange gewesen und hatten als ein Duo alle Schwierigkeiten gemeinsam bewältigt. Was war mit ihnen geschehen? War das vorherige Miteinander nur eine Fassade gewesen, die ihm jahrelang etwas vorgegaukelt hatte, was nie existiert hatte? Eine Art von Matrix, die ihn in einer heilen Welt hatte leben lassen. Oder eine dieser uralten Tragödien, in denen sich die Lage immer mehr zuspitzt und die seine Mutter abgöttisch liebte. War er, Ben Förster, der zu den besten seines Jahrgangs gehört hatte, unfähig das wahre Leben zu meistern? Er griff nach der Flasche Rotwein, die, warum auch immer, in seinem Zimmer stand. Es war Ewigkeiten her, dass er zum letzten Mal Alkohol getrunken hatte, denn für seine sportlichen Aktivitäten benötigte er stets einen klaren Kopf. Außerdem hatte er nach den Jugenderlebnissen, dem teuflischen Zeug eigentlich abgeschworen. Aber das Ganze war lang her. Und außergewöhnliche Fälle erfordern schließlich die Gewohnheiten zu ändern. Gerade als er nach der Flasche greifen wollte, kam ihm das absurde Benehmen seiner Mutter wieder in den Sinn. Seit dem eigenartigen Treffen hatte er sie nicht mehr gesehen. Sollte er zu ihr gehen? Eventuell war es besser abzuwarten, bis sie ihren Rausch ausgeschlafen hatte. Vielleicht sollte er in der Zeit, seinem Vater die Gelegenheit geben, seine Sicht auf die Dinge darzulegen. Aber wollte er diese Geschichte wirklich hören? Wie sollte er reagieren, wenn sein Vater die Affäre mit dieser Zoe zugeben würde? Ben ballte seine Hände zu Fäusten, dann griff er nach der Flasche. Wie hatte sein Großvater früher immer gesagt: *„Rotwein ist kein Alkohol, sondern Medizin. "* Und genau jetzt brauchte er einen ordentlichen Schluck davon. Sofort setzte er den großväterlichen Ratschlag in die Tat um, und trank mehr als ein Viertel des Weines. Für eine Weile verharrte er schweigend, bevor er die Flasche erneut zur Hand nahm. „Damit es auch wirklich hilft", säuselte er und trank ein zweites Mal. Danach machte er sich mit leicht schwankenden Schritten auf den Weg zu seinem Vater.

Montag   20.15 Uhr

„Du bist ein Gewinnertyp", lachte Hubert Wille und prostete einem imaginären Gegenüber zu. Wer hätte gedacht, dass seine Schlaflosigkeit auch mal für was nütze sein würde. Bereits seit mehreren Jahren litt er in unregelmäßigen Abständen unter einer nächtlichen Unruhe, die ihn um die wohlverdiente Ruhe brachte. An Vollmondnächten war es besonders ausgeprägt. Daher hatte er sich vor einem Jahr ein teures Nachtsichtgerät angeschafft, um die Zeit wenigstens sinnvoll zu nutzen. Es war schon beeindruckend, was für Bilder dieses unscheinbare Gerät projizierte. Jetzt hatte sich die Anschaffung doppelt bezahlt gemacht, denn es hatte ihm in der gestrigen Vollmondnacht ermöglicht, Zeuge des vermeintlichen Streiches zu werden. Die drei Personen hatte er leider nicht erkannt, aber die gedrungene Gestalt von Konrad Reich war unverwechselbar. Für einen klitzekleinen Moment hatte sein Gewissen die Oberhand gewonnen. Ruf die Polizei! Da hat jemand deinen Freund Konrad gemeuchelt! Aber warum sollte man ihn dann ins Feld legen? Was für ein Umstand. Außerdem Freund! Pah! Er sollte die Dinge am besten morgen früh erst mal abwarten und spontan regeln. Und wie sich nun herausgestellt hatte, war diese Entscheidung goldrichtig gewesen. Das Schicksal hatte es gut mit ihm gemeint. Nun war ein Querulant weniger auf dem Spielfeld, der ihm die politische Karriere vermiesen konnte. Auch dieser eingebildete Fatzke von Kommissar würde schon einsehen, dass es besser war, ihn nicht als Feind zu haben. Welch eine bodenlose Frechheit, ihn wie einen ungezogenen Schulbengel stehenzulassen! Aber wie heißt es so schön: „Hochmut kommt vor dem Fall". Und wenn man alle Asse im Ärmel hatte, konnte man warten, denn niemand würde ihm auf die Schliche kommen oder nachweisen können, dass er den Prank hätte vereiteln können. Letztendlich war das Ganze sowieso ein Unfall. Nichts weiter als eine unglückliche Verkettung von Zufällen, die zu dem tragischen Ende geführt hatten. Wenn überhaupt, war die Tat diesem geheimnisvollen Trio zuzuschreiben, das den Tod von Konrad Reich in Kauf genommen hatte. Mit einem zufriedenen Lächeln leerte er die Flasche. Bevor er schlurfend zum Kühlschrank schritt, um für Nachschub zu sorgen, rülpste er laut.

„Ups", murmelte er und fingerte, in der Küche angekommen, das gekühlte Hopfengetränk aus dem Fach, welches er sofort öffnete.

„Auf dich Konrad, mein alter Freund", sagte er feierlich und leerte die Flasche ohne abzusetzen.

„Ach, hier treibst du dich mal wieder rum!"

Langsam wandte sich Hubert der Stimme zu. „Na, ist denn schon Halloween?", posaunte er heraus, als er seine Gattin im Türrahmen erblickte.

„Charmant wie immer", konterte diese. „Gibt es was zu feiern? Hast du nicht mehr lange zu leben?"

„Nee, mach dir mal keine vorschnellen Hoffnungen, meine Lieblingsschabracke. Ich bin fit wie ein Turnschuh. Vor dir sitzt der zukünftige Bürgermeister."

„Ich bin nicht deine Lieblingsschabracke, sondern die einzige, die es mit dir aushält, du Widerling. Du würdest mit mehreren ohnehin nicht mehr zurechtkommen. Die Zeiten sind schon lange vorbei. Sehr lange", giftete Ilse und stellte sich hinter ihn, wo sie mit gleichmäßigen Bewegungen begann, seine Schulter zu massieren. „Wenn ich die First Lady werde, dann brauche ich auf jeden Fall was Neues zum Anziehen."

„Dein Kleiderschrank quillt doch bereits über", gurrte er, während er das Verwöhn-Programm in vollen Zügen genoss.

„Davon hast du keine Ahnung", antwortete Ilse und griff fester zu.

„Aua, du Höllenweib! Benimm dich, sonst kürze ich das Budget für deine Friseur- und Kosmetiktermine. Da ist ohnehin selbst mit einer Extraportion Schminke nichts mehr zu retten."

„Ich wäre etwas vorsichtiger, mit wem ich mich anlege", kicherte sie und fuhr mit den manikürten Fingern sanft über seine Wangen.

„Du willst mir doch nicht etwa drohen?", erwiderte er, ohne eine Antwort zu erwarten.

Abrupt beendete Ilse die Liebkosungen und schaute Hubert kommentarlos an.

„Was stierst du mich so an? Hast du jetzt den Verstand verloren?"

„Ich? Nein. Ich stelle mir nur gerade vor, welche dummen Ausreden du auftischst, wenn ich dem Kommissar einen Tipp gebe."

„Bist du irre? Was kannst du ihm schon erzählen?", donnerte Hubert heraus, wobei in seiner Stimme ein Hauch von Besorgnis mitschwang.

„Wer weiß", lachte Ilse und schüttelte ihre blondierte Lockenpracht. „Ich sollte mir mal wieder einen Friseurtermin bei Rafaelo holen. Was meinst du, mein Schatz?"

„Von mir aus", murrte er und bedachte sie mit bösen Blicken, als sie erhobenen Hauptes aus dem Zimmer stolzierte.

Montag   20.15 Uhr

Sich dem Selbstmitleid hinzugeben war einfacher, als Fehler einzugestehen. Nun gut, vielleicht hätte sie … Doch für Konjunktiv war ohnehin die Zeit bereits abgelaufen. Es galt zu retten, was im Bereich des Möglichen lag. Bedauerlicherweise konnte sie das, was passiert war, nicht ungeschehen machen. Andererseits waren die Vorfälle auf eine makabre Art und Weise ein gewisser Adrenalinkick, den sie nicht missen wollte. Hm. War solch ein Gedanke verwerflich? Immerhin handelte es sich dabei um den Tod zweier Menschen, die aufgrund von dummen Zufällen ums Leben gekommen waren. Zugegeben, die beiden Individuen rangierten auf der Beliebtheitsskala nicht gerade auf den vorderen Rängen, doch dies hatte ihnen immer noch nicht das Recht gegeben zu richten. Schließlich waren sie keine Götter, die sich anmaßen konnten, jemanden auszulöschen, wenn ihnen danach beliebte. Bei diesem gedanklichen Vergleich konnte sie ein leises Kichern nicht unterdrücken.

„Leah!", schalt sie sich selbst. „Schäm dich!"

Doch der Anflug von Unbeschwertheit verschwand so schnell wie er gekommen war. Unruhig wälzte sie sich auf dem Sofa hin und her. Sie brauchte Hilfe, um diese seelische Last zu überwinden. Und es gab tatsächlich einen Menschen in Amecke, dem sie das Geheimnis anvertrauen würde. Klar, auch diese Person konnte ihr nicht die Absolution erteilen, doch allein der Gedanke mit jemanden reden zu können, fühlte sich an, als würde eine tonnenschwere Last von ihren Schultern fallen. Aber hatte sie überhaupt das Recht jemandem anderen diese Bürde aufzudrängen? Wie in Trance las sie ihre Handynachrichten und überflog die Ereignisse aus aller Welt. Was würde passieren, wenn die auserwählte Vertrauensperson das Geständnis nicht für sich behalten würde? Wie weit würde s i e gehen, um ihre und die Identität ihrer Freunde zu schützen?

Montag   **20.15 Uhr**

Max stand immer noch bewegungslos am Grab, bis er schlurfende Schritte vernahm, die sich unaufhaltsam näherten. In der Dunkelheit konnte er nur die Umrisse einer stämmigen Person ausmachen. Wer trieb sich in dieser Dunkelheit noch auf dem Friedhof herum?
„Schön, dass wir uns hier treffen. Es wäre heute ihr Geburtstag gewesen", schnaufte Wolfram Wilhelm Berg und legte eine Rose auf das Grab.

„Verrückt. Früher habe ich mir immer darüber den Kopf zerbrochen, was ich ihr schenken soll. Du gehst auf jeden Fall mit ihr auf Reisen, wenn sie alt genug dafür ist, habe ich immer zu mir gesagt. Doch nun habe ich den Zeitpunkt für immer verpasst. Heute frage ich mich, worauf ich eigentlich gewartet hatte?" Für eine Zeitlang sagte niemand ein Wort. Was gab es auch noch zu sagen? Immer noch quälten Max Gewissensbisse, wenn er an den Tod von Hanna dachte, obwohl es keine Möglichkeit gegeben hatte, die Geschehnisse abzuwenden. Oder doch? Und genau dieser Restzweifel war ein Martyrium, welches ihn immer wieder marterte, wenn er an die damaligen Ereignisse zurückdachte. Wolfram Wilhelm Berg war sein früherer Vorgesetzter, der durch einen Unfall beziehungsweise Mord, wie sich später herausgestellt hatte, seine geliebte Ehefrau frühzeitig verloren hatte. Zu der Zeit, als Max ihn kennenlernte, war dessen Tochter Hanna der einzige Lichtblick im Leben seines Chefs, an den er sich klammerte, um nicht den Verstand zu verlieren. Doch als Hanna mit einem jungen Arzt ausging, nahm das Schicksal seinen Lauf. Max konnte sich noch genau an die Geschehnisse erinnern, als wäre das Unglück erst gestern passiert ...

„Knapp, Sie müssen mir helfen. Hanna ist nicht nach Hause gekommen", sagte Wolfram Wilhelm Berg und drängelte sich an Max Knapp

vorbei, der vollkommen überrumpelt im Türrahmen stand.

„Aber …"

„Nichts aber, Knapp! Ich weiß, dass Wochenende ist. Und es ist mir bewusst, dass ich mit meiner Paranoia meine Tochter beschützen zu wollen, bereits viel Unheil angerichtet habe. Doch solange ist Hanna noch nie ohne eine Nachricht zu schreiben verschwunden. Irgendetwas stimmt da nicht!" Maximilian Knapp wollte einen weiteren Einwand starten, widerstand aber der Versuchung, als er den entschlossenen Gesichtsausdruck seines Gegenübers wahrnahm.

„Also gut, ich ziehe mir nur noch etwas anderes an."

„Papperlapapp, es ist bereits zu viel Zeit vergangen. Wir wollen doch nicht zu einer Modenschau!"

„Aber …"

„Wenn ich es nicht genau wüsste, dass sie derjenige sind, der den verzwickten Fall gelöst hat, würde ich allein schon aufgrund ihres beschränkten Wortschatz auf ihre Mithilfe verzichten. Kommen Sie jetzt endlich!"

„Ab…", stammelte Max und verstummte im letzten Moment, als er bemerkte, dass er im Begriff war, erneut mit demselben Wort zu antworten. Na ja, vielleicht war diese „rhetorische Glanzleistung" damit zu entschuldigen, dass er die freudige Nachricht seiner Frau, dass sie erneut Nach-

wuchs erwartete, mit einigen Gläsern Whisky begossen hatte.

„Was ist jetzt, Knapp!"

Nachdem er kurz seine Frau informiert hatte, eilte er mit seinem Chef nach draußen. Seit gestern goss es wie aus Kübeln. Bereits nach dem kurzen Sprint zum Auto, klebte die Kleidung an ihnen, als hätten sie geduscht.

„Mistwetter", schimpfte Max und musterte seinen Chef, der mit verbissener Miene den riesigen Geländewagen steuerte.

„Handelt es sich um eine offizielle Ermittlung?"

„Natürlich nicht!", donnerte Wolfram Wilhelm Berg. Max verkniff sich ein weiteres „aber" und betrachtete stattdessen die Scheibenwischer, die beim Versuch der Wassermassen Herr zu werden, kläglich scheiterten. Trotz der eingeschränkten Sicht lenkte Wolfram Wilhelm Berg sein Fahrzeug recht zügig über die sauerländischen Straßen.

„Vielleicht sollten wir etwas langsamer fahren?", schlug Max vor   *.*

„Vielleicht", antwortete sein Chef und erhöhte stattdessen die Geschwindigkeit.

„Ich hoffe, unser Ziel ist nicht so weit entfernt", sagte Max in Anbetracht der Fahrweise.

„Nein."

„Was wissen wir?"

„Sie wissen gar nichts, Knapp. Ich habe einen Anruf erhalten. Aber da gibt es noch mehr", sag-

te Wolfram Wilhelm Berg und erzählte ohne weitere Aufforderung, was er in der Zwischenzeit über Hannas Begleiter Thilo Müller herausgefunden hatte, während sich Max darauf konzentrierte, sich bei dieser Höllenfahrt nicht übergeben zu müssen.

„Ich denke noch heute daran, wie wir das Unglück hätten verhindern können. Niemand sollte so früh sterben müssen", sagte Max und starrte auf die Grabplatte, während kurz das Bild seiner ersten Ehefrau Marie aufflackerte, die bei einer Bergwanderung in den Tod gestürzt war. Doch die Umstände von Hanna Bergs Ableben waren viel komplexer und mehr eine unglückliche Fügung als ein Unfall oder gar ein Mord. Ihr damaliger Begleiter hatte sie für den angeblichen Selbstmord seines Bruders mitverantwortlich gemacht. Daher sperrte er sie bei einer Verabredung, späteren Recherchen zufolge, in eine Höhle, damit sie über ihre Taten nachdenken konnte. Viele Stunden später war er zurückgekehrt, um den Eingang wieder zu öffnen. Doch Hanna schien wie vom Dunkeln verschluckt und reagierte auch nicht auf seine Rufe. Daher informierte er ihren Vater und berichtete ihm, dass sie sich gestritten hätten und Hanna in die Höhle gerannt wäre. So kam es, dass Wolfram Wilhelm Berg mit Max der Sache auf den Grund gehen wollte. Doch es sollte noch mehrere Stunden dauern bis man Hanna fand. Beim Versuch einen Ausgang aus dem Gewölbe zu finden, hatte sie sich mit Hilfe der Handytaschenlampe ins Innere gewagt. Leider war sie dort auf eine geballte Konzentration von Kohlenstoffmonoxid gestoßen. Für Hanna Berg kam jede Hilfe zu spät.

„Tja, die Vergangenheit kann man nicht ändern. Als mir damals Hanna genommen wurde, hätte ich nie gedacht, dass ich jemals wieder glücklich sein würde. Heute bin ich wieder liiert und dank Ihnen, mein lieber Max, Patenonkel eines Wirbelwindes namens Emilia-Hanna. Lassen wir die Toten ruhen."

Montag   22.30 Uhr

Lassen wir die Toten ruhen, tippte Jonas Blitzke und klappte dann zufrieden den Laptop zu. Blöderweise hatte er Max Knapp nicht angetroffen. Es war die berühmte Jagd nach Mister X aus dem gleichnamigen Gesellschaftsspiel, der einem immer einen Schritt voraus zu sein schien. Als er im Präsidium angerufen hatte, teilte man ihm mit, dass der Gesuchte gerade das Büro verlassen hatte. Ihn zu Hause aufzusuchen scheiterte ebenfalls um ein paar Minuten, wie ihm ein Nachbar glaubhaft versicherte. Als ihn später sein Weg zufällig zur Gaststätte geführt hatte, hörte er ein paar Gäste beiläufig erwähnen, dass der Kommissar dort gewesen sei. Nun, es wäre ein

Leichtes, ihn auf seinem Handy anzurufen. Doch dies würde sehr formell wirken und konnte nicht dem Charme eines Überraschungsbesuchs standhalten.

Tja, so langsam ist Schlafenszeit, Walter", sagte Jonas und trank vorsichtig einen Schluck der heißen Milch. Es war eine Art von Ritual, das er sich auf Anraten von Frieda Engel angewöhnt hatte, als er ihr bei einem Zusammentreffen von seinen Einschlafproblemen berichtet hatte. Eine nette alte Dame, diese Frieda Engel.

„Wahrlich ein Mensch, der keiner Fliege etwas zuleide tun könnte", murmelte Jonas, nachdem er die Tasse geleert hatte. Danach ergriff er sein Mobiltelefon und tippte eine Nachricht: Ich gehe jetzt schlafen. Gute Nacht, mein Schatz.

„Hm, soll ich ein Herz, einen Mond oder lieber einen lachenden Smiley verwenden, Walter?" Doch der Ara hatte bereits seine Schlafposition eingenommen und regte sich nicht mehr.

„Also gut, dann alle drei", erklärte Jonas dem schlafenden Papagei und fügte zeitgleich die Symbole hinzu, bevor er die Nachricht versandte. Einige Zeit verharrte er, um eine Antwort abzuwarten. Doch nach einer halben Stunde gab er das Unterfangen auf.

„Schläft bestimmt schon", sagte er und machte sich dann auf den Weg ins Schlafzimmer.

Dienstag 08.00 Uhr

Er zitterte am ganzen Körper, obwohl die Herbstsonne sich an diesem frühen Morgen bereits von ihrer besten Seite präsentierte. Der Frühnebel war verschwunden und machte der Himmelsscheibe Platz, die das bunt gefärbte Laub der Bäume in schillernden Farben erstrahlen ließ. Doch er hatte keine Augen für die Schönheit der Natur. Die tränenden Lider halb geschlossen, verharrte er an Ort und Stelle. Viel zu schwach, um Hilfe zu erflehen, viel zu schwach, um sich zu regen. Insekten umschwirrten ihn wie ein Schwarm von Aasgeiern, die auf sein Ende warteten, um sich auf seinen Körper zu stürzen. Bereits jetzt piesackten ihn einige der Plagegeister, die es nicht abwarten konnten, bis er die Augen für immer schließen würde. Was hatte er verbrochen, dass es so enden würde? Er hätte gern noch weitergelebt. Langsam sackte er zusammen. Im Dämmerzustand bemerkte er, dass ihn etwas berührte und sanft in die Höhe hob. Mit allerletzter Kraft öffnete er die schmerzenden Augen und zwang den Körper, der sich nach Ruhe und Frieden sehnte, durchzuhalten.

„Keine Angst. Ich werde mich um dich kümmern", säuselte eine Stimme.

„Die Natur wird es schon richten!", hat er nur gebrüllt, als ich ihn zur Rede stellen wollte.

„Das sieht dem alten Griesgram ähnlich", schimpfte Frieda, während sie den geschundenen, kleinen Körper liebevoll umsorgte. „Du hast ihm das Leben gerettet, Leah. Gut, dass du zufällig vorbeigekommen bist."

„Dafür habe ich zwei Menschen auf dem Gewissen."

Frieda hielt einen Moment inne und betrachtete Leah schweigend. Sie kannte Leah bereits seit einigen Jahren. Sie war immer eine eifrige Schülerin gewesen, die unzählige Kurse in Kräuterkunde, die Frieda an der hiesigen Volkshochschule angeboten hatte, belegt hatte. Mittlerweile studierte sie in Münster, um Lehrerin zu werden. Ihre Verbundenheit zur Heimat, der Familie und den Freunden führte sie auch an den Wochenenden oft ins Sauerland zurück. So war es nicht ungewöhnlich, dass Leah ihr einen Besuch abstattete. Frieda hatte diese quirlige junge Dame seit ihrer ersten Begegnung ins Herz geschlossen. Aber da war stets dieses Gefühl, dass Leah ein dunkles Geheimnis mit sich herumschleppte. Sie hatte Leah nie darauf angesprochen, da sie sich vollkommen sicher war, dass sie irgendwann darüber reden würde. Nun war es also soweit.

„Sie werden mich hassen", schluchzte Leah und schniefte in ihr Taschentusch.

Dienstag   09.30 Uhr

Ein leichter Kopfdruck quälte Max, als er die Straße „Am Sporgsloh" entlangschlich, hoffend, dass die frische Luft den Kater vom gestrigen Abend vertreiben würde. Als er schließlich das Wegkreuz mit der Inschrift *Glaube, Hoffnung, Liebe* erreichte, war er für einen Moment versucht, auf der dazu gehörigen Bank eine Rast einzulegen. Doch er widerstand der Verlockung und setzte seinen Weg fort. Es war aber auch mehr als unvernünftig, gleich am Wochenanfang mehrere Bierchen zu vernichten. Aber zu seiner Verteidigung konnte er schließlich vorbringen, dass der Ex-Chef und Patenonkel seiner Tochter Emilia-Hanna mittlerweile ein seltener Gast im Sauerland war und er am vergangenen Tag besonderen Beistand benötigt hatte. Wer hätte ohnehin gedacht, dass Wolfram Wilhelm Berg nach solch einem Schicksalsschlag wieder glücklich sein würde? Max konnte sich noch genau daran erinnern, wie er sich gefühlt hatte, als er seine erste Ehefrau Marie und ihr ungeborenes Kind durch einen Unfall verloren hatte. Von jetzt auf gleich hatte das Leben seinen Sinn eingebüßt. Den sogenannten Silberstreif am Horizont zu erkennen, hatte viel Zeit in Anspruch genommen.

Doch im Gegensatz zu seinem Ex-Chef war er damals noch recht jung gewesen. Wenn man kurz vor der Pensionierung steht, sollte man nicht zu viele Jahre im „Tal der Trostlosigkeit" verbringen. Daher war es eine glückliche Fügung, dass sich seine jetzige Lebenspartnerin Hera, die er noch aus Schultagen kannte, mit ihm in Verbindung gesetzt hatte. Sie hatte durch Zufall von den furchtbaren Geschehnissen erfahren und keine Sekunde gezögert, mit ihm in Kontakt zu treten, um ihr Beileid zu bekunden. Da sie selbst vor zwei Jahren ihren Ehemann zu Grabe getragen hatte, der plötzlich von einem Schlaganfall aus dem Leben gerissen worden war, konnte sie seine tiefe Trauer nachvollziehen und wurde nach und nach zu seiner wichtigsten Stütze. Heras fünf Kinder, elf Enkelkinder und zwei Urenkel rissen Wolfram Wilhelm Berg mit wie in einem Strudel, aus dem es kein Entrinnen mehr gab. Allerdings war es ein positiver Sog, der ihm Lebensenergie im Überschwang bescherte. Max verweilte kurz und ließ seinen Blick umherschweifen. Dies war nicht ganz uneigennützig, da er nach der vorherigen Steigung immer noch etwas außer Atem war. Verflixt noch mal, er war schon mal fitter gewesen! Schlagartig kam ihm sein jetziger Vorgesetzter Janus Thal in den Sinn, dessen Terminkalender wahrscheinlich von sportlichen Herausforderungen überquoll.

„Der Olle vom Eichenberg?"

„Wie?", stammelte Max und wandte sich der Stimme zu, die diesen nicht gerade schmeichelhaften Vergleich vorgebracht hatte. Doch eine Belehrung, dass er keineswegs der Betagte in Person sei, erübrigte sich, als er erkannte, dass ein Junge im Grundschulalter den Eltern seine Lesekünste präsentierte. Mit stolz geschwellter Brust stand er vor dem großen Schild, welches den Dorfeingang zierte.

„Sehr schön, Jasper. Fehlerfrei", versicherten die Eltern synchron, während Max lächelnd und vor allem erleichtert nickte. Wie dumm, anzunehmen, dass der junge Spross ihn mit dem alten Herrn auf dem Abbild verwechselt haben könnte.

„Hast du auch schon mal eine Hexe gesehen?", fragte der wissbegierige Spross und zupfte an Max' Pullover.

„Eine Hexe?"

„Ja, diese Frau mit dem Besen, die immer …"

„Jasper, wie oft haben wir dir schon gesagt, dass es keine Hexen gibt", warf seine Mutter plötzlich ein, und stoppte damit den Redefluss des Grundschülers, der seine Mutter erstaunt musterte.

„Aber, ihr sagt doch immer …"

„Schluss jetzt! Wir müssen weiter!"

„Aber ihr …."

„Jasper!"

„Aber ich verstehe das nicht."

„Jasper, genug ist genug! Sie müssen entschuldigen, die Fantasie geht oft mit ihm durch", konterte der Vater und drängte seinen Sohn zum Gehen. Max schaute dem Trio noch eine Weile hinterher. Selbst aus einiger Entfernung schnappte er bruchstückhaft ein paar Wortfetzen auf, die auf eine hitzige Debatte schließen ließen. Max war sich vollkommen sicher, dass der Junge nur das wiedergegeben hatte, was er von seinen Eltern aufgeschnappt hatte. Und es war auch nicht schwer zu erraten, wen sie mit der Bezeichnung „Hexe" meinten. Vielleicht war es keine schlechte Idee, Frau Engel einen Besuch abzustatten. Sie war eine Persönlichkeit, die ihn immer wieder auf das Neue faszinierte und bei der er, obwohl er ein absoluter Befürworter von Logik und Fakten war, eine gewisse Aura von Mystik nicht verleugnen konnte. Als er nach wenigen Gehminuten vor ihrer Haustür stand, wurde er schlagartig mit der Vergangenheit konfrontiert, als wäre das Gartentor ein Portal in eine andere Dimension. Dieses alte Anwesen erschien wie ein lebendes Fossil aus längst vergangenen Tagen. Für den klitzekleinen Moment glaubte er den verstorbenen Vorbesitzer Gacka-Paul im Türrahmen stehend zu erkennen, der ihn mürrisch hereinbat. Aber das konnte doch nicht sein!

„Hereinspaziert, junger Mann. Ich habe Sie bereits erwartet."

Noch vollkommen in Gedanken zuckte Max zusammen, bis er erkannte, dass ihm Frau Frieda Engel gegenüberstand. Die ganze Verwirrung musste eine Nachwirkung vom Alkohol sein, dachte Max und folgte Frau Engel ins Innere des Hauses.

„Wieso haben Sie mich eigentlich erwartet?", fragte er beiläufig, unfähig die Neugier komplett zu verbergen.

„Ehrlicherweise muss ich sagen, dass ich nicht speziell Sie sondern jemanden erwartet habe, da ich einen Wunsch an das Universum gerichtet hatte. Aber ich muss sagen, ich bin mehr als begeistert. Sie sind der Richtige. Kommen Sie näher, ich möchte Sie mit jemandem bekannt machen. Das ist Hardy."

Seine Skepsis über ihre eigenartige Antwort löste sich schlagartig in Wohlgefallen auf, als er das kleine Bündel betrachtete, das sofort zu schnurren anfing, als Max das Köpfchen des schwarzen Katers berührte.

„Perfekt. Herr Knapp ich möchte, dass sie sich um ihn kümmern, wenn ich nicht mehr auf Erden weile. Ich werde das in meinem letzten Willen verfügen."

Dienstag   **10.00 Uhr**

„Jeder bekommt, was er verdient", sagte Ben und betrachtete ohne emotionale Regung den leblosen Körper seines Vaters.

„Aber wer macht die Sauerei weg?", warf seine Mutter ein und stemmte die Hände in ihre Hüften.

„Bleibt wohl wieder mal an mir hängen."

„Ich könnte gern zur Hand gehen"; versicherte Leonie und strahlte voller Vorfreude, als wäre diese makabre Aufgabe ihr täglich Brot. Während Ben sich noch darüber wunderte, dass sie überhaupt bei ihm war, stand plötzlich sein Freund Matheo im Raum.

„Ist ja nicht unsere erste Leiche, woll", verkündete er und klopfte Ben beruhigend auf die Schulter. Nein, jetzt war es skurril! Die ganze Szenerie konnte nicht real sein! Matheo wohnte mit seinem Freund in Köln und er war sich hundertprozentig sicher, dass Leonie nach ihrem gestrigen Treffen allein nach Hause gegangen war. Aus gebührender Entfernung beobachtete er, wie seine Mutter, Leonie und Matheo neben dem Toten standen und diskutierten, wie man ihn am besten entsorgt. „Wir könnten ihn in Säure auflösen." „Du guckst definitiv zu viele Fernsehserien!" „Mag sein, aber die Idee ist doch nicht schlecht." Voller Verzweiflung hielt Ben sich die Ohren zu.

„Ich muss träumen", stammelte er. „Verschwindet aus meinem Kopf! Ihr existiert nicht!", fügte er hinzu. Obwohl er die Ohren immer noch bedeckt hielt, vernahm er ein lautes Klopfen an der Zimmertür. Wer oder was konnte das sein? Nahm diese Tortur denn überhaupt kein Ende? Was hatte er verbrochen, dass er derart gefoltert wurde? Noch bevor er reagieren konnte, wurde die Tür aufgerissen und offenbarte einen Mann, der mit entschlossener Miene auf ihn zueilte.

„Hast du ihn getötet?!"

„Ich? Nein! Oder? Wer sind Sie überhaupt?"

„Wir sind uns schon mal begegnet, als Sie und ihr Freund eine Leiche gefunden hatten. Erinnern Sie sich?" Mit diesen Worten packte er Ben an den Schultern und rüttelte ihn hin und her, als könnte er dadurch das Denkvermögen erhöhen. Ist das nicht dieser Kommissar, dachte Max und versuchte sich aus dem Griff zu lösen. Doch genau in diesem Augenblick schlug sein Kopf hart an einen Gegenstand. Der pochende Schmerz katapultierte ihn zurück in die Gegenwart. Als Ben die Augen aufschlug, blickte er in das besorgte Gesicht seiner Mutter, die ihn an den Schultern festhielt.

„Na endlich, bist du wieder wach!"

Die Erkenntnis, dass er nur geträumt hatte, stimmte ihn euphorisch. Leider währte die Freude nicht lange. Er fühlte sich gerädert und matt, als wäre er erst nach langer Zeit aus dem Koma erwacht. Doch das Schrecklichste waren seine rot gefärbten Hände, die trotz mehrfachen Blinzelns nicht die Farbe änderten.

„Gut, dass du endlich wieder bei Bewusstsein bist. Dein Vater ist verschwunden!"

Ben stockte der Atem. Was war passiert? In seinem Kopf war eine einzige Leere. Hatte er nicht am gestrigen Abend seinen Vater zur Rede stellen wollen? Hatte er womöglich? Nein, auf keinen Fall! Oder vielleicht doch?

Dienstag 10.00 Uhr

Obwohl er ohnehin seit langem abends keine Ruhe fand, hatte die mysteriöse Andeutung seiner Gattin Ilse die innere Unruhe noch verstärkt. Gefühlt hatte er die ganze Nacht wachgelegen und darüber nachgedacht, ob ihre Bemerkung eine Gefahr für ihn darstellte. Kurz hatte er sogar in Erwägung gezogen, sie mit einem Kissen zu ersticken, diese Idee jedoch rechtzeitig wieder verworfen, als ihm bewusst wurde, dass er dann den Haushalt allein stemmen müsste. Davon abgesehen liebte er die gegenseitigen Sticheleien, die sie bereits seit fünfundvierzig Jahren gemeinsam austrugen. Natürlich riskierte er ab und an mal einen Blick, wenn junge Damen seinen Weg kreuzten, er war ja schließlich ein Mann. Aber bisher hatte er noch nie das Bedürfnis verspürt, seine „Schabracke" zu ersetzen. Das Miststück war übrigens heute Morgen gutgelaunt zu ihrem Friseur aufgebrochen Erstaunlich, dass sie dort überhaupt auf die Schnelle einen Termin bekommen hatte? Aber eigentlich bekam sie mit ihrer „charmanten", resoluten Art immer, was sie wollte.

„Hm", murmelte Hubert und betrachtete sein Antlitz im Spiegel.

73

„Nicht schlecht, nicht schlecht", sagte er und streichelte über sein schütteres Haar. Er kannte eine Menge Leute in seinem Alter, die in einem desolateren Zustand waren und ihn für seine Fitness und den politischen Scharfsinn bewunderten. Nun, wenn man brillant war, konnte man sich natürlich nicht vor der Verantwortung drücken. Doch diese Bürde würde er für die Allgemeinheit selbstverständlich klaglos auf sich nehmen. Dass Konrad Reich seine wulstigen Finger nicht mehr im Spiel hatte, würde sich auf jeden Fall positiv auf seine Ambitionen auswirken.

„Wo ein Wille ist, ist ein Weg", sagte er mit fester Stimme und nickte seinem Spiegelbild zu. Plötzlich schoss ihm ein Gedanke durch den Kopf, der genial und irrwitzig zu gleich schien. Wäre es nicht ein origineller Schachzug, seine Gattin in alles einzuweihen? Im Wortschatz seiner Angetrauten existierte weder das Wort Kompromiss, noch Hindernis. Außerdem waren ihre schauspielerischen Fähigkeiten bemerkenswert. Dieses Anvertrauen würde auch ihren Drohungen den Wind aus den Segeln nehmen. Perfekt! Wenn ein Wille es schaffte, den Weg frei zu räumen, dann wären zwei „Wille" so unaufhaltsam wie eine Lawine, die ins Tal donnert und alles mit sich reißt.

Dienstag 11.00 Uhr

„Es braut sich was zusammen", sagte Jonas Blitzke, während er aus dem Fenster schaute und das Treiben rund ums Vorbecken beobachtete. Doch auch die hereinbrechende Schlechtwetterfront konnte seine gute Stimmung nicht trüben, denn seine Freundin Dörte hatte auf die gestrige Nachricht reagiert.

„Hallo, mein Schatz. Melde mich erst jetzt, da ich gestern früh ins Bett gegangen bin." Besonders das: *„Ich vermisse dich"*, umrahmt von unzähligen Herzen, schmeichelte seiner Seele und machte den grauen Himmel wieder strahlend blau. Außerdem hatte ihm sein Verleger, dem er ein paar Zeilen des neuen Skripts zugesandt hatte, eine positive Rückantwort gemailt. Und als Krönung hatte Kriminalhauptkommissar Maximilian Knapp mit ihm Kontakt aufgenommen, da ihm zugetragen worden war, dass er ihn vergebens gesucht hatte. Nun waren sie für Donnerstagnachmittag verabredet. Bei solch einer Anhäufung von tollen Ereignissen hatte selbst ein Jahrhundertunwetter keine Chance, diesen Tag zu vermiesen. Überhaupt fühlte er eine Euphorie, die ihm in früheren Jahren fremd gewesen war. Es schien, als wäre er aus einem Kokon geschlüpft, der ihn bisher daran gehindert hatte, sein Leben auf der Sonnenseite zu verbringen. Im Nachhinein wirkte sein vorheriges Wirken nahezu lä-

cherlich. In all den Jahren hatte er sich in die Rolle eines Außenseiters drängen lassen, unterstützt durch seine Zurückhaltung und dem mangelnden Selbstwertgefühl. Wenn er an die absurden Gedanken seiner Vergangenheit dachte, die ihn damals beherrscht hatten, konnte er nicht glauben, dass sein früheres Ich mit dem heutigen verwandt war. Gut, dass er den Psychopathen im Innern überwältigen konnte.

„Jonas Blitzke, du bist ein toller Typ", sagte er und schaute Walter an. Doch der gefiederte Hausgenosse, der sonst nie mit Kommentaren sparte, schwieg.

„Was ist mit dir? Du bist doch nicht etwa krank?" Zeitgleich eilte er in die Küche, um einen Snack für den Vogel zu holen. Als er zurückkam um dem Ara das Obststück zu reichen, strahlten dessen schwarze Knopfaugen. „Du bist mein liebster Schatz", krächzte er und bearbeitete mit seinem langen Schnabel die Apfelspalte. Jonas musste schmunzeln, denn dies waren die Worte, mit denen Dörte ihn immer begrüßte. Er konnte es kaum erwarten, sie bald wieder in die Arme schließen zu können. Mittlerweile waren sie bereits seit über einem Jahr ein Paar und tauschten bei jeder Gelegenheit Anekdoten über ihre Papageien aus. Er konnte sich noch genau an den Moment erinnern, als sie nach seiner Buchveröffentlichung zu ihm gekommen war, mit der Bitte, das Buch mit: „Für Dörte und Ara Lori" zu signieren. In diesem

magischen Moment hatte ihn Amors Pfeil erwischt. Leider konnten sie sich nicht so oft treffen, wie er sich das sehnlichst wünschte, da Dörte
ihren Vater zu Hause pflegte. Jedes Mal, wenn sie
zusammen waren, genossen sie die traute Zweisamkeit. Wie gern hätte er sie jeden Tag an seiner
Seite gehabt. Doch die Andeutungen und kleineren Randbemerkungen, dass es in unmittelbarer
Umgebung sehr gute Pflegeheime gab, überhörte
sie stets mit eisiger Miene. Allerdings auch seine
Fragen, wann er denn den alten Herrn persönlich
kennenlernen durfte.

Donnerstag   **10.00 Uhr**

Nach einigen Regenschauern am gestrigen
Mittwoch hatte die Herbstsonne das Zepter wieder übernommen. Das noch verbliebene Laub an
den Bäumen strahlte in den für diese Jahreszeit
üblichen Farben. Es war immer wieder schön,
wenn man vor dem Kälteeinbruch noch ausrei-
chend Sonne tanken konnte. Ja, der Winter nahte
und mit ihm eine Entscheidung, die sich schon
lange angekündigt hatte. Sie hatte gespürt, dass er
zurück war, noch bevor sie den Brief geöffnet
hatte. Nun hatte sie es schwarz auf weiß. Gedankenverloren streichelte sie durch das Fell des
kleinen Tieres, das diese Liebkosungen mit einem
leisen Schnurren honorierte.
„Du bist ein tapferer, kleiner Kerl, Hardy", sagte

Frieda Engel. „Du musst dir keine Sorgen machen, ich habe bereits das perfekte Zuhause für dich gefunden."

Als ob der schwarze Kater diese Äußerung verstanden hatte, streckte er den Kopf in die Höhe und schaute sie zufrieden an. Seit Leah ihr das Fellknäuel am Dienstag gebracht hatte, hatte Frieda sich rund um die Uhr um dessen Wohlergehen gekümmert. Da es zuletzt das Betreuen ihres Mannes gewesen war, das sie derart in Anspruch genommen hatte, kam sie auf die Idee, dem Stubentiger den Spitznamen ihres Mannes zu geben. Doch neben der Fürsorge und Pflege des Katers war noch ein Plan in ihren Gedanken gereift, der nur entfernt etwas mit einem engelhaften Verhalten zu tun hatte. Endlich würde sie sich die Bürde von der Seele reden können und gleichzeitig zwei Menschen helfen, die es ihrer Meinung nach verdient hatten „gerettet" zu werden. Sie würde mal wieder den schmalen Grat zwischen Gut und Böse beschreiten. Ja, der Zeitpunkt war gekommen. Es wäre nicht sinnvoll, das Unvermeidliche weiter hinauszuzögern, denn jeder Tag, der verging, war ein weiterer Tag ohne ihren geliebten Harald.

„Du kennst mich, mein Schatz. Es wird natürlich ein fulminantes Finale geben", erklärte sie dem gerahmten Foto ihres Gatten, das ihr von der Wand aus zulächelte.

Max räumte das dreckige Geschirr in die Spülmaschine. Vor fünfzehn Minuten hatte Jonas Blitzke endlich das Haus verlassen. Die Unterhaltung war zwar recht amüsant gewesen, doch hatte sich seine Hoffnung nicht erfüllt, dass dieser etwas zu den „Sektkorkenfällen" hatte beitragen können. Er hatte extra seinen Lieblingskuchen vom Bäcker aufgetischt. Die Kombination aus Bienenstich und einer banalen Bemerkung von Jonas Blitzke hatten schon einmal den entscheidenden Hinweis geliefert, der letztendlich zur Aufklärung eines Falles geführt hatte. Leider war das Konzept dieses Mal nicht aufgegangen. Schade eigentlich! Während er das restliche Gebäck verstaute, klingelte sein Handy.

„Jule", murmelte er erfreut und gleichzeitig nachdenklich, da er ihr schon wieder etwas beichten musste. Aus irgendeinem Grund hatte er sich hinreißen lassen, Jonas Blitzke für Samstagabend einzuladen. Bereits beim Aussprechen der Worte hätte er sich am liebsten auf die Zunge gebissen. Verdammt noch mal, er war einfach zu nett! Doch als er erwähnt hatte, dass sein früherer Chef Wolfram Wilhelm Berg mit seiner Lebensgefährtin Hera am Wochenende zu Besuch kommen würde, hatte Jonas Blitzke traurig erwidert: „Oh, wie schön. Den würde ich auch sehr gern mal wiedersehen. Aber das wird wohl nichts. Sehr schade …" Und da war es ihm herausgerutscht: „Dann kommen Sie doch auch." „Wirklich? Aber meine Freundin?" „Die ist natürlich auch herzlichst willkommen." Er hoffte sehr, dass Jule ihren gestrigen Videochat bereits verdaut hatte. Denn als er den vergangenen Regentag im Büro verbracht hatte, um dort jeden noch so kleinen Vermerk erneut zu analysieren, hatte ihn sein Chef Janus Thal in sein Reich zitiert.

„Herr Knapp, mir ist zu Ohren gekommen, dass Sie in alten Ordnern herumwühlen, anstatt sich auf die kuriosen Umstände zu konzentrieren, die zum Tod unseres geschätzten Bürgers Konrad Reich geführt haben. Ihnen ist wahrscheinlich bekannt, dass Herr Reich und ich uns persönlich kannten. Er war ein exzellenter Golfspieler und ein großzügiger Wohltäter unserer Gemeinde. Sie sollten diese Tat sehr ernst nehmen und nichts unversucht lassen, dieses abscheuliche Verbrechen unverzüglich aufzuklären. Haben wir uns verstanden?"

„Aber sicher doch, Herr Thal. Dann können Sie mir doch auch jetzt sofort mitteilen, wo Sie sich am besagten Abend beziehungsweise Morgen aufgehalten haben."

„Ach du meine Güte!", hatte Jule bestürzt eingeworfen. „Und wie hat dein Chef auf die Anschuldigung reagiert?"

„Nun, er hat geschnaubt wie ein wilder Stier kurz vor dem Angriff. Dann gefühlte fünf Minuten ge-

schwiegen, bevor er mir zähneknirschend erzählt hat, dass er den Abend mit seiner Frau verbracht hat."

„Und dann?"

„Tja, du kennst mich. Ich habe natürlich nachgehakt, ob diese das Alibi bestätigen kann."

„Oh je, da hast du aber mal wieder alles gegeben. Es wird Zeit, dass ich wieder nach Hause komme. Was ist dann passiert?"

„Er hat etwas unwirsch geantwortet: Fragen Sie nach! Und nun verlassen Sie unverzüglich mein Büro! Ich habe Wichtigeres zu tun, als meine Zeit mit sinnlosem Geschwafel zu verbringen."

„Ach je, ich befürchte, wenn ihr euch das nächste Mal zufällig begegnet, hetzt er die Hunde auf dich."

„Möglich, möglich. Aber ich habe ja meine Familie die mich beschützt. Ich kann es kaum erwarten, dass ihr endlich zurückkommt."

„Dann will ich ihr mal von heute berichten", sagte Max und nahm das Gespräch entgegen mit den Worten: „Hallo, mein Liebling. Ich hoffe, du bist nicht böse, aber wir haben am Samstag ein paar Gäste mehr. Das dürfte doch kein Problem sein, oder? Ist ja ohnehin nicht mehr zu ändern."

Es war nicht mehr zu ändern, was passiert war. Aber eigentlich wusste er immer noch nicht, was eigentlich passiert war? Nachdem ihn seine Mutter am Dienstagmorgen geweckt hatte, waren unzählige Versionen der möglichen Vorfälle durch sein Hirn gespukt. Fakt war, dass sein Vater immer noch mit dem Sportwagen verschwunden war und es seitdem kein Lebenszeichen mehr von ihm gab. Sein Handy schien ausgeschaltet und damit auch die letzte Möglichkeit ihn aufzuspüren. Er war wie vom Erdboden verschluckt. „Der hat sich aus dem Staub gemacht", hatte seine Mutter sachlich festgestellt und ihm seinen ersten Gedanken, die Polizei einzuschalten, ausgeredet. „Bestimmt hat er auch das Geld aus dem Tresor mitgenommen und ist irgendwo untergetaucht."

Für seine Mutter, die, wie bereits erwähnt, ein Fan der großen Dramen war, fand er ihre Erläuterung sowie ihr komplettes Verhalten in dieser Situation sehr nüchtern. Aber der hämmernde Kopfschmerz und der Anflug von Panik, als er seine rotgefärbten Hände bemerkt hatte, die, wie sich schnell herausstellte, ein Produkt seiner Fantasie gewesen waren, erstickten im Moment ohnehin jede Art von logischem Denken im Keim. Steckte in diesen wirren Träumen ein Fünkchen Wahrheit? Verdammt noch mal! Es war wie ein

Déjà-vu, das er durchlebte, denn genau diese Verzweiflung, diese Zerrissenheit, dieses Nichtwissen hatte er vor drei Jahren durchleiden müssen. Doch dieses Mal gab es keine Möglichkeit, dem Grauen zu entkommen. In Gedanken versunken schaute er aus dem Fenster und betrachtete die Dämmerung. Auch morgen würde der goldene Oktober seinem Namen alle Ehre machen. Es gab aus dieser Sicht also keinen Grund, die Verabredung mit Leonie zum Stand-up-Paddling zu verschieben. Eventuell könnte die Kombination zwischen sportlicher Aktivität in der freien Natur und netter Gesellschaft dazu beitragen, dass er in dieser verzwickten Angelegenheit die richtige Entscheidung traf. Die Vorstellung, dass sein Vater sie still und leise verlassen hatte, passte nicht in das Bild, welches er von ihm in den zurückliegenden Jahren erschaffen hatte. Wenn er ehrlich war, passte überhaupt nichts zusammen. Klar, es hatte schon in der Vergangenheit in der Ehe seiner Eltern Höhen und Tiefen gegeben. Doch sie hatten stets als ein Team alle Hürden und Hindernisse aus dem Weg geräumt. Er konnte und wollte sich einfach nicht vorstellen, dass diese innige Zweisamkeit nur eine Fassade gewesen war. Auch die Reaktion seiner Mutter, die sich keine Sorgen zu machen schien, irritierte ihn. Sie agierte, als befände sich sein Vater auf einer Geschäftsreise. Das Ganze wirkte unlogisch, beinahe wie eine Improvisation eines schlechten

Schauspiels. Auch die Tatsache, dass er nach dem Verzehr des Rotweins keinerlei Erinnerungen an die Ereignisse hatte, brachte ihn ins Grübeln. Nun, er hatte zwar lange Zeit keinen Alkohol mehr getrunken, aber dass sein Körper derart heftig reagierte, war doch ungewöhnlich. Er hatte einen totalen Filmriss und so sehr er sein Gehirn auch marterte, er konnte sich an keine Einzelheit mehr erinnern. War es ein Schutzmechanismus? Hatte er etwas Grauenvolles getan? Etwas, das sein Geist mit dem Schleier des Vergessens zu verbergen versuchte.

Donnerstag   19.30 Uhr

Nun gab es kein Zurück mehr. Zur Feier des Tages hatte sie die Flasche Wein geöffnet, die sie für eine besondere Gelegenheit verwahrt hatte. Da es keine andere Möglichkeit geben würde, den edlen Tropfen zu genießen, goss sie sich ein Glas ein. Bereits nach ein paar Schlucken bemerkte sie, dass der Alkohol ihre Sinne trübte.

„Tja, früher konnte ich mehr vertragen", sagte sie kichernd und lehnte sich in den Ohrensessel zurück. Dies war der Lieblingsplatz ihres Gatten gewesen und jedes Mal wenn sie auf diesem Mobiliar Platz nahm, fühlte sie eine gewisse Geborgenheit.

„Ich vermisse dich", hauchte sie und schloss für einen Moment die Augen. Doch noch bevor die

Mischung aus Melancholie und Weinrausch von ihr Besitz ergreifen konnte, öffnete sie die Lider und erhob sich.

„Es gibt noch einiges zu tun, wobei ich einen klaren Kopf benötige", verkündete sie und betrachtete den schlafenden Katzenkörper liebevoll. Auf dem Weg in die Küche streifte ihr Blick den Brief, der wie ein Mahnmal mitten auf dem Tisch lag. Anfangs hatte sie darüber nachgedacht, ihn zu verbrennen, sich dann aber anders entschieden. Das Schreiben stellte eine gute Erklärung für ihr Verhalten dar und wäre daher von großem Nutzen für den Ablauf der geplanten Aktionen. Obwohl ihr bewusst war, dass die anstehenden Ereignisse über ein Kavaliersdelikt hinausgehen würden, konnte sie eine kribbelnde Vorfreude nicht unterdrücken. Der Grat zwischen dem Dasein einer Märtyrerin und einer Verbrecherin war in ihrem Fall schmal – sehr schmal. Doch wo auch immer die Leute das Geschehen später einsortieren würden, sie wusste nur eins: Es musste getan werden. Abgesehen davon hatte sie die „Bombe" bereits in Position gebracht. Am morgigen Freitag würde die Detonation erfolgen. Obwohl es sich nur um einen imaginären Vergleich handelte, glaubte sie das Ticken der Zeitschaltuhr in ihren Ohren zu hören.

„Ich glaube, er hat nichts gespürt", sagte Willi Ehrlich und besiegelte die Aussage mit einem Glas Korn, welches er in einem Zug leerte.

„War ein präziser Schuss", fügte Paul Fuchs hinzu und prostete Hubert Wille zu.

„Hm, warum starrst du mich dabei so an?", giftete dieser, wobei er eine gewisse Unruhe nicht verbergen konnte. Fehlte auch noch, dass ihn seine Kumpels verdächtigten oder gar erpressen wollten. Zum Teufel noch mal! Es reichte ihm vollkommen, dass seine holde Gattin Ilse ihn mit Forderungen überhäufte, seitdem er sie eingeweiht hatte. Womit hatte er das nur verdient? Schließlich hatte er doch nichts verbrochen. Na ja, nur verschwiegen. Aber das war doch kein Vergehen, oder?

"Nun, du brüstest dich doch immer damit, von uns der beste Schütze zu sein", konterte Paul Fuchs und fixierte Hubert mit den kleinen braunen Augen.

„Was willst du damit andeuten? Willst du etwa behaupten, dass ich den tödlichen Schuss abgegeben habe?"

„Na, ich habe eigentlich noch nie was getroffen" warf Willi ein, bevor er ein weiteres Glas Korn vernichtete. Ohne auf dessen Äußerung einzugehen, fixierte Hubert Paul und musterte ihn eine Weile. Wobei er blöderweise nicht verhindern konnte, dass sich seine Schweißproduktion erhöhte. Daher betupfte er die Stirn mit einem Taschentuch.

„Oh, du schwitzt", stellte Willi beiläufig fest. „Da habe ich auch immer Last mit."

„Bei dir ist es der Bluthochdruck und das Übergewicht. Bei Hubert ist es Angstschweiß", antwortete Paul und verzog seinen Mund zu einem breiten Grinsen. Unruhig rutschte Hubert auf seinem Stuhl hin und her. Das Miteinander mit seinen Freunden hatte er sich entspannter vorgestellt.

„Tja, mir ist zu Ohren gekommen, dass deine Ilse im Kaufrausch ist. Das kann ganz schnell existenzbedrohend sein, woll", sagte Paul und genehmigte sich einen Schluck Bier.

„Das stimmt", warf Willi lachend ein. „Darauf lasst uns einen heben! Ein Prost auf unsere Frauen, die immer für eine Überraschung gut sind." Obwohl das Gespräch mehr und mehr in andere Bahnen abdriftete, konnte Hubert den geselligen Abend nicht mehr in vollen Zügen genießen. Immer wieder fühlte er sich von Paul beobachtet, der ihn zwischendurch mit diesen listigen Augen anfunkelte. Verflixt noch mal! Wusste er irgendetwas? Aber woher sollte er es erfahren haben? Ilse war zwar ein Konsumjunkie, aber keineswegs ein Dummerchen, das sich verplapperte. Insbesondere, wenn dadurch ihre Macht geschmälert würde. Das konnte nur bedeuten, dass Paul eine

Art von Poker spielte. Aber was, wenn nicht? Wäre er in der Lage, Paul Fuchs zum Schweigen zu bringen?

Freitag   07.15 Uhr

„Die Natur wird es schon richten", säuselte eine Stimme, die er nicht zuordnen konnte. Träumte er? Allerdings wirkte diese Benommenheit zu reell, um eine Einbildung zu sein. Aber was war passiert? Er konnte sich nur noch verschwommen daran erinnern, dass er zu dem morgendlichen Kontrollgang entlang seiner Ländereien aufgebrochen war, den er jeden Freitag unternahm. Natürlich früh genug, damit ihm keine blöden Touristen oder neugierige Einheimische über den Weg laufen würden. Wobei ihm das spärliche Morgenlicht ausreichte, da er die Wege in- und auswendig kannte. Wie jedes Mal hatte er pünktlich das Haus verlassen und … Jetzt fiel es ihm wieder ein. Er war gestolpert.

„Hallo, kann mir jemand helfen?", fragte er, ohne zu wissen, ob wirklich jemand in der Nähe war, oder ob diese Stimme nur eine Halluzination gewesen war. Mühsam versuchte er sich aufzurichten. Sein Schädel dröhnte, als würde er gleich bersten.

„Hallo?", wiederholte er, da er glaubte Schritte wahrgenommen zu haben. Verfluchter Mist! Wo war die verdammte Brille? Ohne diese war er blind wie ein Maulwurf.

„Ich brauche Hilfe", jammerte er kläglich, während er mit einer Hand an seinen Kopf griff. Blut, da war Blut! Zumindest klebte da irgendetwas. Zum ersten Mal bereute er, dieses verfluchte Mobiltelefon nicht mitgenommen zu haben, welches ihm seine Gattin immer wieder aufschwatzen wollte.

„Du wirst noch sehen. Irgendwann wirst du dich ärgern, dass du es nicht dabei hast", pflegte sie stets zu sagen, bevor sie sich wieder ihren Pflichten widmete. Wer hätte gedacht, dass sein nutzloses Weibsbild mal Recht behalten sollte? Genau in diesem Moment spürte er einen Stich, als hätte ihn eine Wespe attackiert.

„AUA! Blödes Mistviech!", brüllte er und tastete mit einer Hand verzweifelt nach seiner Brille. Wo war das bescheuerte Ding denn hingefallen? Endlich bekam er etwas zu fassen. Doch die Euphorie über den Fund dauerte nur den Bruchteil einer Sekunde, als er feststellen musste, dass die Gläser zerbrochen waren.

„Verdammte Scheiße! Was das wieder kostet!" Was nun? Er konnte unmöglich hier auf dem Boden liegen bleiben. Vielleicht war es besser sich aufzurichten, um dann um Hilfe zu rufen. Das erhöhte auf jeden Fall die Sichtbarkeit. Mühsam versuchte er den Plan in die Tat umzusetzen. Wobei er sich mit einer Hand abstützte, um den Körper hochzudrücken. Verflixt, jetzt machte auch noch der bescheuerte Kreislauf schlapp. Was war nur mit ihm los? Zu allem Überdruss spürte er einen erneuten Stich, der ihn zusammenzucken ließ.

„Verschwinde, endlich du Biest! Weißt wohl nicht, mit wem du es zu tun hast? Das wirst du noch bereuen! Einen Egon Krass kann sowieso nichts ersch…"

„Die Natur wird es schon richten", säuselte erneut eine Stimme, die Egon Krass allerdings nur noch im Unterbewusstsein wahrnahm, denn er stürzte wie ein gefällter Baum zu Boden.

Freitag   08.00 Uhr

Zum Glück hatte er nur geträumt. Doch dieser vermaledeite Albtraum wollte einfach nicht aus seinem Schädel verschwinden. Es war nicht das erste Mal, dass er in der Nacht solch ein wirres Zeug zusammenfantasiert hatte. Anfangs hatte er es auf seine schriftstellerische Arbeit zurückgeführt. Wenn man etwas Kriminelles zu Papier brachte, waren die unruhigen Nächte halt der Preis, den man dafür zahlen musste. Er wollte sich überhaupt nicht ausmalen, wie es um seine Nachtruhe bestellt sein würde, falls er jemals ins Horrorgenre wechseln würde.

„Hast du gut geschlafen, Walter?"

„Klaro", antwortete der Angesprochene und griff nach dem gereichten Obststück. Einen Moment beobachtete Jonas den Ara, der genüsslich das Mahl verspeiste.

„Was hältst du eigentlich von Dörte?"

„Du bist mein liebster Schatz", krächzte der farbenfrohe Vogel zwischen zwei Bissen. Jonas musste schmunzeln, da dies der Satz war, den Dörte ständig wiederholte, wenn sie zusammen waren. Und genau da lag das Problem. Konnte er wirklich sicher sein, dass sie es ehrlich mit ihm meinte? Warum reagierte sie stets abweisend, wenn er ihr vorschlug sie besuchen zu wollen? Jedes Mal wies sie ihn mit den Argumenten ab, dass ihr ein Tapetenwechsel gut tun würde und ein Fremder im Haus ihrem Vater gesundheitlich schaden würde.

„Du bist mein liebster Schatz", krächzte Walter erneut und fixierte Jonas mit den schwarzen Knopfaugen.

„Tja Walter, auf dich ist Verlass. Du hast zumindest keine Geheimnisse vor mir."

„Geheimnis. Pst", gab Walter zum Besten und legte kurz eine Kralle an den Schnabel.

„Tolle Show. Dafür hast du dir noch eine Belohnung verdient", grinste Jonas und reichte dem Vogel eine weitere Leckerei, welche dieser gierig entgegennahm.

„So, jetzt bist du versorgt. Dann will ich mich mal um mein Wohl kümmern", sagte Jonas und schlurfte in die Küche, um sich ein Frühstück zuzubereiten. Als er wenig später mit einer Tasse

Kaffee am Tisch saß, schweiften seine Gedanke wieder zu dem Traum, in dem Dörte als Krake mit ihren Fangarmen alles an sich riss und mit einem hämischen Lachen verkündete: „Keine Sorge, ich kümmere mich um dich. Du bist mein liebster Schatz."

Freitag   09.00 Uhr

Sie hatte für die Frühstückspause extra einen Proteinriegel besorgt, damit sie am Nachmittag für die Stand-up-Paddling-Tour gewappnet sein würde. Zwar versprach der Verzehr keine Garantie für eine gekonnte Darbietung, aber er konnte auf keinen Fall schaden. Allerdings musste sie zugeben, dass sie bereits beim Erwerb dieses Snacks überfordert gewesen war. Nicht nur, dass es unzählige Geschmacksrichtungen im Sortiment gab, sondern es war auch wichtig, ob man diese Nahrung vor, während oder nach der sportlichen Betätigung verzehren wollte. Erstaunlicherweise hatte sie sich nach dem Kauf bereits besser vorbereitet gefühlt. Doch je näher der Zeitpunkt des Events rückte, desto schneller bröckelte die Selbstsicherheit. Einerseits hatte sie sich wahnsinnig gefreut, dass Ben sich gemeldet hatte. Andererseits beherrschte sie die Angst, dass ihr Date ein absoluter Reinfall sein würde. Und dies im wahrsten Sinne des Wortes. Natürlich hatte sie keine Kosten gescheut und im Vorfeld im Internet passende Kleidung erworben, damit sie zumindest optisch punkten konnte. Doch selbst mit dieser Ausstattung erzeugte der Gedanke ins Wasser zu fallen kein Hochgefühl. Zwar war es für diese Jahreszeit noch relativ mild, doch zum Schwimmen in der Sorpe, ihrer Meinung nach, viel zu kalt. Sie hatte schon im Hochsommer Schwierigkeiten sich an einer Abkühlung im Wasser zu erfreuen, selbst wenn dieses seit Wochen von der Sonne aufgeheizt worden war. Kurzum, sie war keine Wasserratte und würde auch keine werden. Letztendlich gab es für dieses Problem nur eine Lösung: Sie musste auf dem wackligen Board eine gute Figur machen!

Freitag   **09.00 Uhr**

Er brauchte Abwechslung, um in dieser unübersichtlichen Situation die richtige Entscheidung zu treffen. Daher hatte er sich spontan dazu entschieden, mit Leonie die versprochene Stand-up-Paddling-Tour in Angriff zu nehmen. Wer konnte wissen, wie lange das launische Sauerlandwetter ihnen noch diese lauen Herbsttage bescheren würde. Obwohl er von seinem Vater noch kein Lebenszeichen erhalten hatte und sich seine Mutter immer noch weigerte die Polizei einzuschalten, konnte er eine aufkommende Vorfreude auf den gemeinsamen Nachmittag mit Leonie nicht unterdrücken. Sie war der angenehme

Wind, der es schaffte, die Gewitterwolken zu zerklüften, damit zweitweise die Sonne eine Chance hatte. Was empfand er eigentlich für Leonie? Während der Reise hatte er viele bemerkenswerte Mädchen getroffen. Doch nie war das Gefühl so stark gewesen, dass es über eine flüchtige Liebelei hinausgegangen wäre. Zumindest aus seiner Sicht. *„Ben Förster, du leidest unter Bindungsängsten"*, war einer der Sätze, die er oft zu hören bekommen hatte. *„Quatsch"*, hatte er stets darauf geantwortet und nicht weiter darüber nachgedacht. Doch wenn er ehrlich war, konnte er nicht leugnen, dass diese Aussage einen Funken Wahrheit enthielt. Seine letzte feste Beziehung lag Jahre zurück und war im Nachhinein betrachtet eher eine Teenagerschwärmerei gewesen. Seine damalige Freundin Hanna Berg war eine Persönlichkeit, die es geschafft hatte, ihn immer wieder in ihren Bann zu ziehen. Schon damals hatte er sich eigentlich zu Leonie hingezogen gefühlt, die zu diesem Zeitpunkt eine gute Freundin von Hanna gewesen war. Doch als ihm sein bester Kumpel Matheo, der eigentlich dem männlichen Geschlecht zugewandt war, seine Gefühle für Leonie gestand, hatte er sich zurückgezogen. Als wenn dies nicht schon genug an ungünstigen Verwicklungen gewesen wäre, wurde die groteske Situation noch von einigen Morden überschattet. Dieses Durcheinander, welches normalerweise nur auf den Streamingkanälen zu finden ist, führte zu seiner Entscheidung auf Reisen zugehen. Als man Hanna Bergs Leiche wenig später fand, fühlte er den Entschluss bestätigt. Das Leben war vergänglich und man sollte es stets genießen. Es wäre doch dumm, die Verwirklichung seiner Träume auf eine Zeit zu verschieben, von der man nicht wusste, ob die persönliche Uhr überhaupt so lange tickte, Aber was wünschte er sich für eine Zukunft? War Leonie ein Teil davon?

„Pläne sind schon im Vorfeld zum Scheitern verurteilt", murmelte er und legte seine Sportsachen über eine Stuhllehne. Wer konnte schon wissen, was passieren würde?

Freitag   09.15 Uhr

„Es muss auf jeden Fall etwas passieren, sonst wird es zu schnulzig und unglaubwürdig. Wenn nicht ab und zu ein paar Leute das Zeitliche segnen, schalten die Zuschauer ab", verkündete Polizeianwärter Noah, während er lautstark den Kaffee schlürfte. Noah war ein bekennender Serienjunkie, der es liebte über neue Streaming-Angebote zu diskutieren. Wobei er in dem Kollegen Sven Herbst einen dankbaren Gesprächspartner gefunden hatte.

„Jau, da hast du wohl recht. Wir könnten doch unsere aktuellen Fälle unter dem Titel *Die Sektkorkenmorde* anbieten."

„Ja, das wäre der Knaller", antwortete Noah mit einer nahezu greifbaren Begeisterung.

„Es handelt sich immer noch um polizeiliche Ermittlungen", warf Max ein, um die Euphorie ein wenig zu bremsen, die die beiden erfasst hatte, als hätten sie sich mit einem Virus infiziert.

„Ist aber trotz allem ein cooler Serientitel", entgegnete Noah und zog einen Schmollmund wie ein trotziges Kleinkind, dem man das Lieblingsspielzeug entwendet hat. Max konnte sich ein Schmunzeln nicht verkneifen. Mit Noah Netsky war ein frischer Wind ins Team gekommen, der eine große Bereicherung war, wenn er auch ab und an mit seinen Äußerungen, insbesondere der Presse gegenüber, ein wenig über das Ziel hinaus schoss. Doch im Grunde seines Herzens war er eine liebenswerte, fürsorgliche Person, die versuchte. ihre weiche Seite durch knallharte Fernsehaction zu kompensieren.

„Ich hoffe, dass wir diese eigenartigen Unfälle bald aufklären können", sagte Max. „Im Übrigen bin ich über diesen Presseartikel: *Der Sektkorkenvollstrecker* nicht gerade begeistert", fügte er hinzu und schaute Noah an. Dieser blickte beschämt zu Boden und fixierte die Fliesen, als wäre er dort auf der Suche nach Beweismitteln.

„Nun, passiert ist passiert", lenkte Sven Herbst beschwichtigend ein. „Du musst allerdings auch einräumen, dass es wirklich eine sehr gute Überschrift für diesen Artikel gewesen ist."

„Ja, in der Tat. Sehr mitreißend!", antwortete Max. „Besonders der Satz: *„Wir sind gespannt, wer das nächste Opfer sein wird."*

Mit diesen Gedanken kehrte Max zu seinem Sitzplatz zurück. Handelte es sich wirklich um eine Serie von ausgeklügelten Morden? Oder waren es aus dem Ruder gelaufene Streiche?

„Der Sektkorkenvollstrecker", murmelte Max und blickte auf seinen Computermonitor, aus dem ihm, beinahe anklagend, die Konterfeis von Sören Pitzel und Konrad Reich anstarrten. „Tja, meine Herren, Sie müssen sich bis zur Aufklärung noch ein wenig gedulden. Ich habe nächste Woche Urlaub." Es war mehr als ärgerlich, dass er in dieser Angelegenheit auf der Stelle trat. Bis jetzt waren alle Ermittlungen ins Leere gelaufen. Obwohl er im Fall Konrad Reich eine lange Liste von potenziellen Verdächtigen hatte, die alle einen Groll gegen den Toten gehegt hatten und aus dieser Abneigung in ihrer sauerländisch direkten Art auch keinen Hehl machten. Kurzum, niemand schien traurig zu sein, was das frühe Ableben dieses Mannes betraf. Mit Ausnahme seines Chefs Janus Thal. Sollte er diesem Phänomen mehr Zeit widmen? War es ein versteckter Hinweis?

„Na, du freust dich doch schon bestimmt auf nächste Woche, wenn ihr mit den Kindern losziehen könnt?"

Als Max aufschaute, sah er sich einem freundlich

grinsenden Sven Herbst gegenüber, der ihm eine
Tasse mit dampfendem Kaffee entgegenstreckte.
Dankbar für diese Unterbrechung nahm er das
Getränk an. Sein Kollege Sven war drei Jahre
älter als er, glücklich verheiratet und sagte stets,
dass sie keine Kinder in die Welt setzen wollten.
Zwar beteuerte er immer, dass diese schwerwie-
gende Entscheidung auf gegenseitigem Einver-
ständnis beruhte, weil er und seine Ehefrau eine
berufliche Karriere anstrebten. Doch Max konnte
sich des Eindrucks nicht erwehren, dass Sven
Herbst die Kinderlosigkeit zutiefst bedauerte, da
er regen Anteil an Max' Familiengeschichten
nahm. Als Sven ihn mit seiner Gattin vor einiger
Zeit besucht hatte, hatte er sich nahezu aus-
schließlich mit Elias und Emilia-Hanna beschäftigt, ohne dass ihm jemand diese Aufgabe zuge-
teilt hätte.

„Na klar", antwortete Max, um seine Frage zu
kommentieren. „Zeit mit den Kindern zu verbringen, ist immer wieder eine Bereicherung. Wenn
das Wetter mitspielt, werden wir in den Freizeit-
park nach Bestwig fahren. Ach ja, das Besucher-
bergwerk Ramsbeck steht auch auf unserer To-
Do-Liste. Und dann natürlich das Aqua Magis in
Plettenberg und …"

„Du meine Güte, da habt ihr euch ja einiges vor-
genommen. Hört sich auf jeden Fall nach einer
Menge Spaß an", lachte Sven und wandte sich
schnell ab. Doch Max war das verräterische

feuchte Glitzern in den Augen nicht entgangen. Sollte er seinen Kollegen darauf ansprechen? Aber was sollte er sagen? Mir ist aufgefallen, dass ihr den Kinderwunsch noch einmal überdenken solltet. Und was dann?

„Hm", murmelte Max und wünschte, seine Gattin Jule wäre an seiner Seite, denn die war eine absolute Expertin in privaten Beziehungsangelegenheiten und würde bestimmt die richtigen Worte finden. „Was würdest du machen?"

„Den Fall aufklären! Wegen Ihrer schlampigen Ermittlungsarbeit gibt es einen weiteren Toten! Bewegen Sie ihren Hintern sofort zur Fundstelle! Wenn Sie weiterhin mit dieser Untätigkeit glänzen, sollten Sie sich nach einer anderen Dienststelle umsehen! Haben wir uns verstanden?", donnerte ein aufgebrachter Janus Thal, der ihn mit diesen dunklen Augen fixierte, wie eine Giftschlange ihr Opfer kurz vor dem Angriff.

Freitag   **10.00 Uhr**

Immer wieder blickte Leah auf die Uhr. Noch könnte sie den „Schlussakt" verhindern. Aber wem wäre damit geholfen? Verdammt! Sie hatte gehofft, dass die tonnenschwere Last von ihren Schultern verschwinden würde. Doch anstatt einer Linderung halste sie sich immer mehr auf. Wie hatte sie diesem irrwitzigen Plan nur zustimmen können? Nicht, dass sie das Dahinschei-

99

den dieses cholerischen Zeitgenossen bedauerte. Nein, es war vielmehr eine von diesen kaum lesbaren Klauseln im „Vertrag", die ihr Unbehagen verursachte.

„Gibt es keine andere Lösung?"

„Nein!", hatte Frieda Berg geantwortet, „das ist die richtige für alle Beteiligten."

„Aber…"

„Da gibt es kein Aber."

„Aber…"

„Was habe ich gerade noch gesagt."

„Aber, mir gefällt nur nicht, wie es endet."

„Es endet für alle einmal."

„Aber…"

„Mein Kindchen, wir haben das doch besprochen. Ich habe meine Entscheidung gefällt und nichts und niemand können mich davon abbringen. Und jetzt will ich kein Aber mehr hören!"

„Sie sind ein Engel."

„Da scheiden sich die Geister, mein Kindchen", hatte Frieda lachend gesagt und zum gerahmten Foto ihres verflossenen Ehemanns geblickt.

Mit krakeliger Schrift notierte Leah das Wort „aber" auf einem Collegeblock, der auf dem Schreibtisch lag und zog jeden einzelnen Buchstaben mehrmals mit unterschiedlichen Farben nach. Selbst als Tränen ihre Sicht trübte, hielt sie das nicht davon ab, weiter stoisch dieser Tätigkeit nachzugehen.

„Mir gefällt ganz und gar nicht, wie es enden wird", murmelte sie dabei ohne aufzublicken.

Freitag   10.15 Uhr

Heute war definitiv nicht sein Glückstag. Nachdem ihm die gestrigen Andeutungen von Paul Fuchs den letzten Rest vom Schlaf geraubt hatten, quälten ihn Kopfschmerzen, die auch nach zwei Tassen schwarzem Kaffee nicht verschwunden waren. Auch seine Ehefrau Ilse war keine große Hilfe. Als er ihr von seinen Ängsten berichtet hatte, antwortete sie nahezu kryptisch: *„Um den Paul Fuchs würde ich mir keine Sorgen machen"*, bevor sie ihn mit weiteren dringenden Anschaffungen konfrontierte, die seiner Gesundheit nicht gerade förderlich waren. Um dem Desaster zu entkommen, hatte er sich mit seinem Hund Adolfo in die sauerländische Natur begeben, um dort Ruhe und Gelassenheit zu genießen. Doch der ansonsten friedliche Waldweg glich heute eher einem Ameisenhaufen. Überall schwirrten Leute in weißen Schutzkleidungen umher, die das Gebiet auf der Suche nach was auch immer durchstreiften.

„Bitte bleiben Sie zurück und leinen Sie unverzüglich den Hund an!", kommandierte jemand, der mit zügigen Schritten auf ihn zugeeilt war. Der barsche Tonfall und das plötzliche Erscheinen dieser Person missfiel Adolfo, der sich sofort mit wütendem Gebell vor sein Herrchen stellte. Diese unvermittelte Lautstärke führte zu einer erhöhten Aufmerksamkeit, die Hubert Wille nicht gerade willkommen war. Insbesondere, da sich unter den Anwesenden auch Maximilian Knapp befand, der ihn bereits mit einem dieser undefinierbaren Blicke bedacht hatte. Mehr als Reflex hob Hubert die Hand zum Gruß, während sich Terrier Adolfo immer mehr in Rage kläffte. Die ganze Konstellation hätte nicht unpassender sein können.

„Haben Sie ihre Töle nicht unter Kontrolle?" Während Hubert den Terrier mit einem „Aus" zum Schweigen brachte, wusste er nicht, worauf er wütender sein sollte. Auf diese Unverfrorenheit seine Hundeerziehung in Frage zu stellen, oder dass ihm dieser Knapp ausgerechnet heute über den Weg laufen musste? Schließlich war ihr letztes Aufeinandertreffen nicht gerade freundschaftlich abgelaufen. Fehlte noch, dass dieser übereifrige Möchtegern-Holmes ihn mit einer neuen Tat in Verbindung bringen würde.

„Was ist eigentlich passiert, dass Sie unbescholtene Bürger derart angehen?", fragte er unwirsch.

„Es handelt sich um eine polizeiliche Ermittlung. Darum kann ich Ihnen keine Auskunft geben. Aber es tut mir leid, wenn Sie sich angegriffen fühlten."

Die Entschuldigung brachte Huberts Konzept ins Wanken, der sich gerade für die Konfrontation entschieden hatte.

„Hm", antwortete er stattdessen und zog den angeleinten Adolfo hinter sich her. „Es ist definitiv heute nicht mein Glückstag", erklärte er Adolfo, als sie bereits einige Meter gegangen waren. „Was meinst du, was passiert ist? Wenn Fortuna es doch noch gut mit uns meinen sollte, dann hat es den Paul Fuchs erwischt."

Bei diesem Gedanken stockte er. Was hatte seine Gattin eigentlich mit: *„Um den Paul Fuchs würde ich mir keine Sorgen machen"*, gemeint?

Freitag   11.15 Uhr

Leise plätscherte das Wasser der Sorpe und bahnte sich den Weg durch den idyllischen Bachlauf. Frieda genoss die Einsamkeit und Ruhe des Augenblicks in vollen Zügen. Von der Bank aus schaute man auf eine kleine Brücke. Als ihr Harald noch lebte, hatten sie dieses paradiesische Fleckchen, unweit der St. Hubertus Kirche, oft als Rastplatz gewählt. Zwar wurde dieser schmale Weg in Richtung des Golfplatzes auch von Wanderern und Radfahrern genutzt, doch trotz allem war er bei weitem nicht so überlaufen wie die Sitzplätze am Vorbecken der Sorpe. Vollkommen in Gedanken überflog Frieda immer wieder das Schreiben in ihren Händen. Hatte sie wirklich an alles gedacht? Bereits in aller Frühe hatte sie den kleinen Kater dem Tierschutzverein übergeben.

„Könnten Sie den Kleinen bitte in Ihre Obhut nehmen. Der Besitzer wird sich in den nächsten Tagen mit Ihnen in Verbindung setzen. Leider kann ich mich nicht weiter um ihn kümmern, da ich verreise."

„Ok, nun, wenn das mit dem Besitzer geklärt ist, sollte das kein Problem darstellen. Wohin fahren Sie denn?"

„Das wird eine Überraschungstour."

Da Frieda keine unbekannte Person war, hatte die Dame nicht weiter nachgefragt und sie nur mit den Worten: „Wir werden gut auf Hardy aufpassen. Sie müssen sich keine Sorgen machen", verabschiedet.

Seit ihrer letzten Urlaubsreise waren schon etliche Jahre vergangen. Sie konnte sich allerdings noch genau daran erinnern, als wäre es erst gestern gewesen. Wie immer hatte sie viel zu viel Gepäck mitgenommen. Doch das würde dieses Mal anders sein. Nachdem sie den Brief erneut gelesen hatte, steckte sie ihn gefaltet in einen braunen DIN A5 Umschlag. Sie würde ihn zu Hause zukleben und an der richtigen Stelle positionieren. Als sie sich auf der Bank zurücklehnte, streichelte ein leichter Windhauch sanft durch ihr graues Haar. Die Berührung erzeugte ein angenehmes Kribbeln auf ihrer Haut. Lächelnd blickte sie zur Brücke, die von einzelnen Sonnenstrahlen in ein magisches Licht getaucht wurde.

„Ich komme", hauchte sie. Als sie sich von der

Holzbank erhob, fühlte sie sich wie ein Teenager. Weder der Rücken noch die Knie und noch nicht einmal die von Arthrose befallenden Gelenke schmerzten. Voller freudiger Erwartung machte sich Frieda Engel auf den Weg. Nach einem kurzen Zwischenstopp in ihrem Haus würde sie endlich die längst überfällige Reise antreten. Ganz ohne Gepäck.

Freitag   12.00 Uhr

„Tot? Aber? Sind Sie sich auch vollkommen sicher?"
Als Maximilian Knapp der Gattin des Verstorbenen, in Begleitung einer Psychologin, die Nachricht überbracht hatte, konnte er sich des Eindrucks nicht erwehren, dass in der Millisekunde vor der Bestürzung ein Anflug von Freude Mathilde Krass' Antlitz erhellt hatte.
„Wie ist er denn ums Leben gekommen?", verlangte sie schluchzend zu wissen, während sie unbeholfen ein Taschentuch aus ihrer Schürze beförderte.
„Das kann ich Ihnen noch nicht genau sagen, wir stecken noch in den Ermittlungen. Bis jetzt sieht es nach einem Sturz aus."
„Dann war es mit Sicherheit ein Infarkt. Mein Mann war hochgradig herzkrank und hat es mit der Tabletteneinnahme nicht immer so genau gehalten."

„Hm", murmelte Max und notierte die Information ganz altmodisch auf einen Block. Anfangs hatte er dafür plädiert, moderne Technik einzusetzen. Bis er feststellte, dass die Internetverbindung im Sauerland nicht überall gegeben war. „Könnten Sie nachschauen, ob er heute seine Medizin genommen hat?"

„Leider kann ich Ihnen das nicht sagen. Mein Mann kümmerte sich allein um die Einnahme. Da er, seinen Worten nach, kein alter Tattergreis sei, den man daran erinnern müsse. Davon abgesehen holte er sich auch das Rezept selber. Sie müssen wissen, dass mein Mann allen gegenüber sehr misstrauisch war."

„Hatte er denn einen Grund dazu?"

„Da müssen Sie ihn selber fragen", antwortete Mathilde, um dann die Bemerkung mit: „Ich bin untröstlich. Verzeihen Sie. Aber ich bin immer noch sehr verwirrt", abzumildern.

Max konnte die Auffassung über ihren Gemütszustand zwar nicht teilen, behielt diese Schlussfolgerung allerdings für sich. Nach dem letzten Zusammentreffen mit Egon Krass vor ein paar Tagen konnte er verstehen, dass dessen Gattin zwischen Trauer und Erleichterung hin– und herschwankte.

„Wann kann ich mit den Beerdigungsvorbereitungen beginnen?", fragte sie derweil, begleitet von einem theatralischen Schluchzen, das mehr als aufgesetzt wirkte.

„Nun, wir müssen erst einmal die gerichtsmedizinische Untersuchung abwarten, bis …"

„Wieso wird er denn untersucht?", warf Mathilde Krass panisch ein, als wäre das Institut dafür bekannt, Tote wieder zum Leben zu erwecken. „Es war doch ein Unfall!"

„Sobald sich diese Vermutung bestätigt, werden Sie umgehend informiert, Frau Krass." Für den Bruchteil einer Sekunde zog Max in Erwägung, den in unmittelbarer Nähe gefundenen Sektkorken zu erwähnen, entschied sich aber dann doch dagegen. Leider war es nicht ungewöhnlich, dass der ein oder andere Gegenstand in der schönen Natur entsorgt wurde. Es konnte sich also hierbei um Zufall handeln. „Falls Ihnen noch etwas einfallen sollte, rufen Sie mich bitte an", sagte er abschließend und überreichte seine Visitenkarte, die Mathilde Krass sofort in der Tasche ihrer Schürze verstaute.

„Möchten Sie jemanden anrufen, damit Sie nicht allein sind? Natürlich wird Ihnen meine verehrte Kollegin Frau Britta Norden bis dahin Gesellschaft leisten."

Diplompsychologin Britta Norden, die die ganze Zeit das Geschehen wortlos verfolgt hatte, nickte zur Bestätigung

„Das ist sehr nett. Aber ich komme zurecht. Einer meiner Söhne wohnt in Eslohe. Ich werde ihn bitten herzukommen", antwortete Mathilde Krass und machte sich sogleich ans Werk, dessen

Nummer in ihren Kontakten zu suchen. Max betrachtete fasziniert, wie die alte Dame mit der geblümten Schürze ihr Mobiltelefon bediente. Welch ein Kontrast! Obwohl er nicht sicher war, ob das Zittern auf ihre Betroffenheit oder auf die unbändige Freude ihren Sohn anrufen zu können, zurückzuführen war. Der strahlende Gesichtsausdruck, als sie das Telefonat beendet hatte, beantwortete allerdings seine Frage, denn in diesem Moment wirkte sie eher wie eine glückliche Mutter, die fieberhaft überlegt, was sie ihren Lieben gleich servieren darf, als eine trauernde Witwe.

„Hatte Ihr Mann auch ein Handy?"

„Ja, das hatte er. Ich habe ihn immer dazu gedrängt es mitzunehmen. Aber er ist ein Sturkopf. War ein Sturkopf", fügte sie schnell hinzu, wobei das kurze Glitzern in ihren Augen Max nicht entging. Dies bestätigte endgültig seine Vermutung, dass Mathilde Krass wegen des Dahinscheidens ihres Ehegatten nicht in Trübsal versinken würde. Ganz im Gegenteil. Aber konnte man es ihr verübeln? Blieb nur noch zu klären, ob sie an seinem überraschenden Ableben beteiligt gewesen war.

Diesen Gedanken nahm er mit auf dem Weg zu seinem Dienstwagen, nachdem er sich bei Mathilde Krass und Britta Norden verabschiedet hatte. Sein knurrender Magen erinnerte ihn daran, dass er seit dem Frühstück nichts mehr gegessen hatte. Wegen der schroffen Zurechtweisung seines Chefs war er sofort aufgebrochen. Welche Laus war seinem Vorgesetzten wohl über die Leber gelaufen, dass er derart überreagierte? War dies die Revanche auf seine Verdächtigung, oder befürchtete er, das nächste Opfer des Sektkorkenvollstreckers zu werden? Bei der Wortschöpfung musste er an seinen Kollegen Noah denken und an dessen liebenswerte Art, in jedes Fettnäpfchen zu treten. Doch nun galt es festzustellen, in welches Hornissennest sie hineingestochen hatten. Aber zuallererst würde er etwas zu essen besorgen, denn mit gefülltem Bauch denkt es sich besser. Und er wusste auch schon, wonach ihm unvernünftigerweise der Sinn stand. Nach Currywurst mit Fritten und Mayo.

Freitag   **13.00 Uhr**

„Es geht mir soweit gut. Sie müssen nicht hierbleiben. Mein Sohn und meine Schwiegertochter werden ohnehin gleich eintreffen", sagte Mathilde Krass, die sich im Beisein von Britta Norden unwohl fühlte.

„Ich warte sehr gern mit Ihnen", antwortete diese und lächelte.

„Dann mache ich uns eine Tasse Kaffee."

„Das ist sehr nett. Aber Sie müssen sich keine Umstände machen."

„Oh, das sind keine Umstände", warf Mathilde ein, froh den stechenden Blicken ihres Gegenübers für einen Moment entkommen zu können. Aus den Augenwinkeln bemerkte Mathilde, wie die Psychologin irgendetwas in ihr Handy eintippte. Notierte sie ihre Beobachtungen, oder beantwortete sie private Nachrichten, fragte sie sich, als sie die Kaffeetasse von Egon zur Seite schob, da er es nicht leiden konnte, wenn jemand anderes daraus trank. Aber Moment einmal! Egon war tot! Nie wieder würde seine cholerische Schreierei sie in Mark und Bein erschüttern. Auch ihre Kinder und Enkelkinder könnten endlich wieder zu Besuch kommen. Für ihre Schwiegertochter Hope würde es heute erst der zweite Besuch auf dem Bauernhof sein, da ihr Mann sich stets geweigert hatte, eine Afrikanerin als Familienmitglied zu tolerieren.

„Hm", murmelte Mathilde, nahm grinsend die Kaffeetasse von Egon aus dem Schrank, befüllte sie mit Kaffee und wandte sich dann an Britta Norden.

„Sie können sehr gern vermerken, dass mich der Tod meines Ehemannes nicht erschüttert. Ganz im Gegenteil, ich fühle eine Art von Erleichterung."

„Ich danke Ihnen für Ihre Ehrlichkeit. Haben Sie ihn umgebracht?"

Mathilde stockte der Atem, bevor sie voller Entrüstung antwortete: "Natürlich nicht! Wie können Sie so etwas nur vermuten? Es muss ein Unfall gewesen sein."

Britta Norden lächelte erneut und nahm die Tasse entgegen. Schweigend nippte Mathilde an ihrem Getränk. Sie hielt den Becher mit beiden Händen fest umklammert, um nicht irgendwelche verräterischen Zeichen zu machen, die dem geschulten Auge dieser Person sicherlich nicht entgehen würden. Gedankenversunken dachte sie an den vergangenen Montag zurück. Nach dem schönen Nachmittag mit Frieda war sie innerlich sehr aufgewühlt gewesen. Das Grübeln über ihre Gesamtsituation hatte sie auch noch begleitet, als sie die Tabletten für sich und ihren Mann sortierte. Es war eine ihrer Angewohnheiten, dass sie die Pillen aus den Blistern entfernten und in Plastikboxen aufbewahrten. Am besagten Tag war aus Versehen eine Tablette in der falschen Schüssel gelandet. Dabei hatte sie zum ersten Mal bewusst festgestellt, dass diese in Größe und Farbe nahezu identisch waren. In ihrem Groll hatte sie, ohne zu überlegen, einige ihrer Magentabletten mit dem Herzpräparat ihres Mannes vermischt.

„Frau Krass, möchten Sie mir etwas erzählen?", fragte Britta Norden in diesem Moment und katapultierte sie in die Wirklichkeit zurück.

„Ich? Nein! Was soll das sein?" Wenn diese lästige Person endlich das Haus verlassen würde, könnte sie Frieda anrufen und ihr die Neuigkeiten mitteilen. Der einzigen Person, der sie vollkommen vertraute und die mit Sicherheit jegliche Geheimnisse mit ins Grab nehmen würde. „Darf ich

Ihnen nachschütten?", fragte Mathilde, beseelt von dem Gedanken, bald nur noch von den Liebsten, einschließlich ihrer Freundin Frieda, umgeben zu sein.

„Nein danke, ich habe noch halb voll."

Wie konnte man nur so langsam trinken?, dachte Mathilde und betrachtete ihre Tasse, auf der Egons Lieblingskuh Brunhilde abgebildet war.

„Auch die wird dich nicht vermissen", murmelte sie kaum hörbar.

„Wie bitte?"

„Ich sagte, wird man Sie nicht vermissen?"

„Nun, ich denke…"

Der Rest der Antwort wurde von der Türklingel verschluckt.

„Oh, das wird mein Sohn sein."

Beschwingt, als hätte sich in ihrem Getränk ein Verjüngungsmittel befunden, eilte Mathilde zur Haustür.

Freitag   13.00 Uhr

„**D**as wirkt farblos", erklärte Jonas der Floristin, die seit einer halben Stunde versuchte seine Wünsche zu erfüllen. Es sollte etwas Besonderes sein. Aber was würde Dörte am meisten beeindrucken? Wieder einmal musste er feststellen, dass ihre Beziehung noch nicht lange genug währte, um alle Fragen zu beantworten. Nach dem verrückten Traum hatte er geschworen, sie wegen ihres Vaters zur Rede zu stellen, dieses Vorhaben aber wieder verworfen, da er befürchtete, sie zu verschrecken.

„Wie wäre es mit Sonnenblumen?"

„Hm", antwortete Jonas und betrachtete das üppige Blumenbouquet. Vielleicht sollte er lieber einen kleineren Strauß wählen, oder eine Topfpflanze.

„Was meinen Sie", fragte die Verkäuferin, deren Tonfall mittlerweile die Freundlichkeit in der Stimme eingebüßt hatte.

„Haben Sie nicht noch etwas anderes?"

„Im Herbst ist die Farbauswahl natürlich ein wenig eingeschränkt. Aber eine langstielige rote Rose ist immer eine gute Wahl."

Roten Rosen? Er wollte ihr doch keinen Antrag machen. Zumindest noch nicht jetzt.

„Tja, ich bin mir noch unschlüssig."

„Ob Sie eine Rose nehmen oder wegen dem Blumenstrauß?"

„Ehrlich gesagt, wegen allem. Wissen Sie was, ich werde ein anderes Mal wiederkommen, sobald ich mehr Informationen habe." Danach nickte er der verdutzten Verkäuferin freundlich zu und verließ den Laden. Auf dem Weg zu seinem Fahrzeug begegnete er einem älteren Ehepaar, das Hand in Hand über den Parkplatz schlenderte. Was war wohl deren Geheimnis für eine lange glückliche Partnerschaft? Eigentlich kannte er nur einen Menschen, der ihm diese Frage mit Sicherheit beantworten konnte. Frieda Engel. Na klar, warum hatte er nicht sofort daran gedacht sich dieser netten lebenserfahrenen Dame anzuvertrauen? Voller Enthusiasmus startete er den Wagen. Während der Fahrt musste er immer wieder an Dörte denken. Wann merkte man, ob es die Liebe fürs Leben war? Als er nach circa zwanzig Minuten sein Ziel erreichte, stellte er den Kleinwagen an der Hecke ab, die das Grundstück umsäumte. Als er sich dem Anwesen näherte, glaubte er Hühnergegacker zu hören. Der ermordete Vorbesitzer war ein absoluter Geflügelfan gewesen. Dies und die Tatsache, dass er ein schrulliger Eigenbrötler gewesen war, hatte ihm den Spitznamen „Gacka-Paul" beschert. Entweder war es eine Einbildung, oder Frau Engel hatte sich auch Hühner zugelegt, überlegte Jonas, während er langsam zur Haustür ging, die wie ein Portal in eine andere Zeitepoche wirkte. Überhaupt strahlte die ganze Umgebung eine gewisse Präsenz aus, als handelte es sich bei dem Gemäuer um ein lebendiges Wesen. Jonas fröstelte, als er den Klingelknopf betätigte. Doch als der Gong verhallte, hörte er keine Geräusche im Innern des Hauses. Als nach dem dritten Versuch wieder keine Reaktion erfolgte, murmelt er: „Hallo, ist niemand zu Hause?"

„Dann nützt es auch nichts, wenn man vor der geschlossenen Haustür steht", ertönte eine Stimme hinter ihm. „Haben Sie geklingelt?"

114

Jonas' Herz übersprang vor lauter Schreck mehrere Takte. Nervös wandte er sich um und war mehr als erleichtert, als er Mathilde Krass erkannte, die ungewohnt entspannt wirkte.

„Oh, guten Tag Frau Krass. Schön, Sie zu sehen. Natürlich, ich habe es bereits mehrfach probiert."

„Das ist eigenartig, dass niemand da ist. Normalerweise trinkt sie jeden Tag um 13 Uhr ihren Ingwertee und legt danach eine kurze Ruhepause ein."

„Nun, vielleicht ist sie eingeschlafen."

„Das kann ich mir nicht vorstellen. Irgendwie habe ich ein komisches Gefühl. Oh, das wäre ja furchtbar! Sie müssen wissen, mein Sohn hat mich seit Jahren mal wieder besucht und..."

„Das freut mich, Frau Krass. Hat Ihr Mann endlich eingesehen, dass Familie etwas sehr Wertvolles ist?", warf Jonas ein, denn das Verhalten von Egon Krass seinen Kindern gegenüber war hinlänglich in Amecke und Umgebung bekannt.

„Notgedrungen. Er ist tot."

„Oh", stutzte Jonas, „das tut mir leid."

„Das muss es nicht", versicherte Mathilde und klopfte energisch an die Tür. „Frieda, Frieda! Was wollen Sie eigentlich von ihr?"

„Ich, ich", erwiderte er stammelnd, „wollte sie wegen..." „Ach, es ist nicht wichtig."

„Mein lieber Herr Blitzke, Sie wollen mir doch nicht weismachen, dass sie nur hierhergekommen sind, um Nettigkeiten auszutauschen."

„Hm, nun … Es geht um eine Beziehungsfra-
ge…"
„Ja, da sind Sie bei Frieda an der richtigen Adres-
se. Sie wäre für ihren Harald über Leichen gegangen."

Freitag   15.45 Uhr

„**D**a haben Sie es schwarz auf weiß: *„Sie wäre über Leichen gegangen"*. Welch ein Glück, da
haben Sie den Fall noch kurz vor ihrem Urlaub
lösen können. Nun, entschuldigen Sie meinen
sprachlichen Ausbruch von heute Morgen. Allerdings kann ich Ihnen für den gelösten Fall auch
keine Glückwünsche aussprechen. Erstens ist es
ohnehin ihre Aufgabe und damit eine Selbstver-
ständlichkeit und zweitens haben Sie zur Aufklärung nicht wirklich beigetragen, Herr Knapp",
sagte Janus Thal in seiner gewohnt arroganten Art
und verließ dann den Raum.
„Arschloch", murmelte Noah.
„Bitte keine sprachlichen Entgleisungen. Aber ich
frage mich auch, was mit dem los ist? Vielleicht
hat er Ärger mit seiner Frau", mutmaßte Sven
Herbst.
„Das ist ein echt heißes Gerät", warf Noah ein.
„Ich würde die nicht von der Bettkante schubsen.
Doch wenn einer Ärger macht, dann doch bestimmt sein Sohn. Dieser, wie heißt er doch
gleich? Ach ja, Logan- Kian Thal. Stellt euch vor,

sein Spitzname ist Loki. Wie bei Thor. Ihr wisst schon, diesen… "

Von der Unterhaltung bekam Max nur Bruchstücke mit. Stattdessen arbeiteten seine Synapsen auf Hochtouren, um die Ereignisse zu verarbeiten. Nichts passte zusammen. Sein Instinkt rebellierte und auch sein Verstand scheute sich, das Geständnis von Frieda Engel anzuerkennen. Leider hatte er, wie sein Chef bereits gesagt hatte, alles schwarz auf weiß. Auch die Echtheit der Unterschrift war bereits bestätigt worden.

„Freu dich doch, dass du die Fälle noch vor deinem Familienurlaub abschließen konntest", sagte Sven und riss ihn aus seinen Gedanken.

„Hm, tja, es fühlt sich nicht richtig an. Irgendwie kann es das noch nicht gewesen sein."

„Ist das der viel gelobte „Holmes-Instinkt?", mischte sich Noah in das Gespräch ein.

„Was auch immer. Es ist halt eine Art von Bauchgefühl. Habt ihr Frieda Engel kennengelernt?"

„Persönlich leider nicht. Aber die schrullige Alte war ja über die Stadtgrenzen hinaus bekannt."

„Und wenn sie jemand umgebracht hat, um ihr die Sektkorkenmorde unterzujubeln?", sagte Noah und kaute genüsslich einen Schokoriegel. „Bin etwas unterzuckert", fügte er entschuldigend hinzu.

„Was ist denn überhaupt vorgefallen, als du zum Tatort gerufen wurdest?", fragte Sven und setzte sich auf einen Stuhl.

„Nun, das war so gegen 14 Uhr, als der Anruf von Jonas Blitzke mich erreichte."

„Herr Knapp? Ich bin es, Jonas Blitzke. Kommen Sie bitte schnell zum Haus von Frau Engel! Es ist etwas Schreckliches passiert! Wir haben auch schon den Krankenwagen gerufen."
„Nun beruhigen Sie sich erst einmal."
„Ich kann mich nicht beruhigen. Frau Engel liegt im Sterben und..."
„Liegt im Sterben?"
„Ja, aber..."
„Herr Knapp?"
„Ja, am Apparat. Mit wem spreche ich jetzt?"
„Mit Mathilde Krass. Herr Blitzke und ich haben uns zufällig hier getroffen. Sie müssen sofort kommen. Auf dem Tisch liegen Briefe, die an Sie adressiert sind."
„An mich?"
„Sagen Sie mal. Halten Sie mich für senil! Kommen Sie jetzt oder nicht?"
„Bin schon unterwegs."

„Das hat Frau Krass gesagt? Das ist ja krass", schmunzelte Noah und vertilgte lautstark die Reste seines Snacks.

„Soll ich weitererzählen, oder..."

„Na klar", warf Sven ein und bedachte Noah mit einem bösen Blick, da er die Schilderung unterbrochen hatte.

„An der Intensität deines Blickes solltest du noch arbeiten", scherzte Noah, „das schüchtert heute keinen mehr ein. Hast du mal den Film mit…" „Ja sagt einmal!", platzte es aus Max heraus. „Seid ihr an den Ermittlungen interessiert, oder wollt ihr euch lieber über Filme unterhalten?" Die beiden verstummten schlagartig und wirken wie zwei ertappte Jungen, die sich heimlich in Nachbars Garten geschlichen haben, um Kirschen zu stibitzen. Doch obwohl die Witzelei zwischen den beiden schon mal die Nerven strapazieren konnte, genoss Max den freundschaftlichen Schlagabtausch. Dieses Miteinander schuf eine familiäre Atmosphäre, die in früheren Jahren undenkbar gewesen war. Schade nur, dass sie mit Janus Thal nicht gerade die Topbesetzung eines väterlichen Oberhaupts für dieses lockere Betriebsklima an ihrer Seite hatten, dachte Max. Doch wie heißt es stets so schön. Man kann nicht alles haben.

„Ich hole uns einen Kaffee und dann kannst du weiter berichten", schlug Sven vor und verschwand, ohne eine Bestätigung abzuwarten. Für eine Weile war das Brummen des Automaten die einzige Geräuschkulisse, da die meisten Kollegen und Kolleginnen bereits in den wohlverdienten Feierabend aufgebrochen waren. Als Sven nach einiger Zeit mit drei gefüllten Tassen zurückkam, fühlte sich Max wie in einer Pausenunterbrechung während einer skurrilen Theateraufführung. Er war allerdings unsicher, ob er den zweiten Teil überhaupt sehen wollte.

„Also, wen hat die Hexe von Amecke auf dem Gewissen?"

„Die Hexe von Amecke", wiederholte Max und sah vor seinem geistigen Auge die nette alte Dame, mit der er noch vor kurzem zusammengesessen hatte. Im Nachhinein machten ihre damaligen Andeutungen von dem letzten Willen Sinn. Würde sie noch leben, wenn…?

„Verflixt noch mal, jetzt habe ich meine Hose bekleckert! Na ja, was geschehen ist, ist geschehen", sagte Sven und tupfte mit einem Taschentuch über den Fleck.

„Da hast du wohl recht", antwortete Max und erntete verdutzte Blicke. Doch bevor irgendjemand etwas erwidern konnte, begann Max zu erzählen.

„Leider konnten die Ärzte Frau Engel nicht mehr retten. Sie hatte mit der Einnahme von einem Tabletten-Kräutermix ganze Arbeit geleistet. Laut Jonas Blitzke hat sie noch *Danke* gestammelt und ist dann mit dem Foto ihres verstorbenen Mannes in der Hand eingeschlafen."

„Oh", warf Noah ein, „also Selbstmord."

Es widerstrebte Max diese Feststellung zu bestätigen. Er ertappte sich bei dem wirren Gedanken, dass er als rational und logisch denkender Mensch ein spektakuläreres Ende für diese Person erwartete hatte.

„Aber warum hat sie sich das Leben genommen?", fragte Sven, der mittlerweile die Bekämpfung des Flecks aufgegeben hatte.

„Nun, aus einem Schreiben war ersichtlich, dass sie sich umgehend in medizinische Behandlung begeben sollte, da der Krebs zurückgekehrt war. Bereits zu Lebzeiten ihres Mannes musste sie sich einer Behandlung unterziehen. Vielleicht wollte sie diese Prozedur mit ihren zweiundneunzig Jahren nicht mehr über sich ergehen lassen."

„Aber was hat das alles mit unserem Sektkorkentäter zu tun?"

„In einem Schreiben hat sie nicht nur zugegeben, dass sie ihrem Mann Harald Sterbehilfe geleistet hat, sondern auch die Sektkorkentaten gestanden. Sie allein wäre dafür verantwortlich und würde die Bürde der Schuld auf sich nehmen. Sie hoffte auf Vergebung. Aber sie hätte stets zum Wohl der Menschheit gehandelt."

Das klingt eher wie eine Märtyrerin als eine Mörderin."

„Tja, so ist es. Ich befürchte, dass viele dies auch so sehen werden. Vor allem die Presse. Ach, und dann gab es noch einen Umschlag der persönlich an mich adressiert war. Darin bittet sie mich, den schwarzen Kater, der sich zuletzt in ihrer Obhut befand, aufzunehmen."

„Und? Wirst du dem Wunsch entsprechen?"
„Ich bin mir noch nicht sicher."

„Den letzten Willen nicht zu respektieren, bringt

Unglück", flüsterte Noah, als hätte er Angst die
Worte laut auszusprechen.

Freitag   15.50 Uhr

„Hey, das klappt doch prima", lobte Ben und
schaute Leonie aufmunternd an, die mit wackligen Beinen auf dem Stand-up-Board stand. Es
war offensichtlich, dass sie trotz ihres professio-
nellen Outfits keine Expertin in dieser Freizeitbe-
schäftigung war. Die Tatsache, dass sie anscheinend nur ihm zuliebe dieser sportlichen Herausforderung zugestimmt hatte, schmeichelte ihm.
Abgesehen davon fühlt er sich in ihrer Gegenwart
ausgesprochen wohl. Diese Mischung aus Unsi-
cherheit und Selbstdisziplin gefiel ihm. Ganz zu
schweigen von ihrem äußeren Erscheinungsbild.
„Bei dir sieht das einfacher aus", antwortete Leonie, krampfhaft bemüht zu lächeln.
„Dir fehlt nur die Übung. Wenn wir das öfter
machen, wirst du von Mal zu Mal sicherer." Hatte
er das wirklich laut gesagt? Verflixt! Das klang
wie eine Dauerverabredung. Schnell blickte er zu
Leonie, die ihn nur sprachlos anschaute, als fehl-
ten ihr die richtigen Worte, um seinen Vorschlag
zu kommentieren. Doch noch bevor sich ein Anflug von Ärger in ihm breit machen konnte, weil
sie nicht angemessen reagierte, rief sie: „Klar!
Toll! Super! Du meinst, wir beide? Oh, das ist
klasse!" Diese überschwängliche Freude irritierte

Ben wiederum, der sich am liebsten wie eine Weinbergschnecke in ihr Haus verkrochen hätte, während das Wort Bindungsangst durch seinen Schädel spukte.

„Quatsch", sagt er laut, ohne sich der Absurdität der Situation bewusst zu sein.

„Wie bitte?"

Erst ihre Frage machte ihm sein eigenartiges Verhalten deutlich, doch noch bevor er verbal agieren konnte, geriet Leonie aufgrund der momentanen Unkonzentriertheit ins Straucheln und landete mit einem Platscher im Wasser, wo sie in den Fluten untertauchte. Alles passierte so schnell, dass Ben, zur Tatenlosigkeit verbannt, zuschaute, wie sie unterging, um innerhalb weniger Sekunden wie eine Nixe aus dem Wasser wieder emporzuschnellen.

„Brr, ist das kalt", bibberte sie, „und meine Knie habe ich mir auch geschrammt, weil irgendetwas im Wasser ist", fügte sie jammernd hinzu. Ben schaute sie nur sprachlos an. Wie konnte es sein, dass sie an dieser Stelle der Sorpe so weit aus dem Wasser ragte, während das Surfbrett, durch ein Seil an ihrem Fußgelenk fixiert, neben ihr hertrieb? Im Nachhinein konnte er nicht mehr erklären, was ihn letztendlich dazu getrieben hatte, ins Wasser zu tauchen, um diesem Phänomen auf den Grund zu gehen. War es eine Intuition? Ein Bauchgefühl? Eine Vorahnung? Als er wieder an die Oberfläche gelangte, hoffte er, dass es sich nur um einen Traum handeln würde. Doch die Kälte des Wassers sowie die besorgten Rufe von Leonie waren leider zu real, um an diesem Wunsch festzuhalten. Wie in Trance kletterte er auf sein Board.

„Ben? Du meine Güte! Sprich mit mir! Was ist denn los? Du bist ja kreidebleich, als ob du ein Gespenst gesehen hättest. Ben, sag doch was!" Mehrmals öffnete er den Mund, um ihn dann gleich wieder zu schließen.

„Ben, du machst mir Angst. Was hast du gesehen?"

„Ein Auto", stammelte er schließlich mit tonloser Stimme. „Den Sportwagen meines Vaters. Und es sitzt noch jemand am Steuer."

Freitag   18.00 Uhr

Neuigkeiten verbreiten sich in einem Dorf schneller als ein Feuer in trockenem Buschwerk. Und so war es nicht verwunderlich, dass sich das Ableben von Egon Krass und Frieda Engel in Windeseile herumgesprochen hatte. Haben Sie es weitererzählt? Nun, wie auch immer. Jeder glaubte etwas zu wissen und trug eine Kleinigkeit dazu bei, eine Geschichte zu konstruieren, die einem Fernsehsender mit Sicherheit hohe Einschaltquoten beschert hätte. Ein Filmcocktail aus inniger Liebe, Krankheiten, und dem Wunsch, anderen Leuten zu helfen, indem man den Tod von Menschen in Kauf nahm, die auf der Beliebtheitsskala nicht gerade die vorderen Plätze belegten.

„Die letzte Hexe von Amecke" war in aller Munde. Und je öfter die Story erzählt wurde, desto geheimnisvoller und mystischer wurde das Konstrukt. Da viele negative Erfahrungen mit den Ermordeten gemacht hatten, war es ziemlich offensichtlich, wem ihre Sympathie galt. Obwohl dies natürlich kaum jemand in der Öffentlichkeit preisgab.

Freitag   18.15 Uhr

„Tja, wer hätte gedacht, dass es sich bei Frau Engel um eine verwirrte, eiskalte alte Dame handelt, deren Geisteszustand in psychologische Hände gehört hätte", wetterte Hubert Wille und freute sich insgeheim, dass sie die Taten auf sich genommen hatte. Er hatte keine Ahnung, wen sie schützen wollte. Aber das spielte ohnehin keine Rolle mehr. Warum sollte er in einem Wespennest herumstochern? Nein, auf keinen Fall. Heute Abend würde er stattdessen mit seiner Gattin eine Flasche Sekt trinken und auf die freudigen Ereignisse anstoßen. Denn dank Frau Engel würde ihn keiner mehr mit dieser Angelegenheit in Verbindung bringen können. Noch nicht einmal dieser listige Paul Fuchs, der ihn mit seinen Andeutungen ins Grübeln gebracht hatte. Wem nützte es, wenn er wahrheitsgemäß zu Protokoll geben würde, was er damals beobachtet hatte? Niemandem! Eins wusste er mit Sicherheit, die olle Engel hatte er am frühen Morgen von Konrad Reichs Todestag nicht gesehen. Nun, es konnte natürlich sein, dass sie im Hintergrund agiert hatte. Doch allein der Gedanke war schon lächerlich!

„Oh, es ist aber auch irgendwie romantisch, dass sie ihren Mann so geliebt hat, dass sie Sterbehilfe geleistet hat. Auch, wenn es nicht erlaubt ist. Würdest du das für mich auch machen?"

„Aber selbstverständlich, mein Schatz", antwortete Hubert Wille ohne zu zögern und dachte an den Moment vor vier Tagen, als er sie mit einem Kissen ersticken wollte.

„Auf Frieda Engel", sagte Leah und prostete ihren Freunden zu, nachdem sie zuvor eine Schweigeminute zu deren Gedenken eingelegt hatten.

„Ist schon krass, dass die das durchgezogen hat. War echt eine coole Alte."

„Jau, und zum Glück hat es den Krass auch krass erwischt."

„Man spricht nicht schlecht über Tote", meldete sich Leah zu Wort, „selbst wenn der Typ mehr als unsympathisch gewesen ist."

„Komische Regelung, nicht die Wahrheit über Verstorbene sagen zu dürfen."

Nach diesem kurzen Wortgefecht nippte jeder an

seinem Glas Sekt. Es schien beinahe wie ein Vorwand, keine Konversation betreiben zu müssen. Am liebsten hätte Leah vorgeschlagen, dass sie ab jetzt erst einmal getrennte Wege gehen sollten. Doch das klang nicht nur klischeehaft, sondern auch auf gespenstische Weise nach einem Schuldbekenntnis. Obwohl Frieda Engel ihr Geständnis, wie besprochen, schriftlich abgegeben hatte, fühlte Leah keine Erleichterung. Die Tatsache, dass diese nette, alte Lady nicht mehr unter den Lebenden weilte, trübte ihre Stimmung. Wäre sie noch unter ihnen, wenn sie sich ihr nicht anvertraut hätte? Nun gut, Frieda hatte ihr zwar von der Krankheit und unzähligen Alltagsbeschwerden erzählt, die ihr das Dasein vermiesten, aber...

„Kindchen, da gibt es kein Aber", hörte Leah in diesem Moment, die Worte von Frieda in ihrem Kopf herumspuken.

„Nein, da gibt es kein Aber", wiederholte Leah nachdenklich und erhob ihr Glas zum Toast. „Auf einen Engel."

„**D**anke", murmelte Mathilde und entzündete eine Kerze am Opferstock in der St. Hubertus Kirche. Sie hatte sich in schwarz gekleidet, um der Trauer mehr Ausdruck zu verleihen und dem Posten als trauernde Witwe gerecht zu werden. Würdevoll nickend hatte sie die Beileidsbekundungen von Dorfbewohnern entgegengenommen, die ihr auf dem Weg zur Kirche begegnet waren. Dabei galt ihre Niedergeschlagenheit nicht ihrem verstorbenen Ehemann, sondern ihrer Freundin Frieda Engel. Undenkbar, dass sie für die gestandenen Sektkorkenfälle verantwortlich gewesen sein sollte. Nun, die Sterbehilfe für ihren Harald war nicht von der Hand zu weisen. Aber warum sollte sie Sören Pitzel und Konrad Reich ins Jenseits befördert haben? Sie hatte mit diesen unangenehmen Individuen keinen Kontakt gepflegt. Was allerdings das Ableben von Egon betraf... Tja, da könnte sie durchaus involviert gewesen sein. Sie war eine der wenigen, die von seiner Herzschwäche wussten und durch ihre Freundschaft auch über Egons Gewohnheiten informiert war. Durch ihre Hingabe zu Flora und Fauna und ihre Kenntnisse, war es ein leichtes, die Kreuzottern für ihre Zwecke zu benutzen. Der Schlangenbiss war für einen gesunden Menschen zwar schmerzhaft, aber nicht tödlich.

„Danke", murmelte Mathilde erneut und schaute in das flackernde Licht der Kerze. Zum Glück würde es keine weiteren Ermittlungen in dieser Angelegenheit geben. Niemand würde erfahren, dass sie Egons Tabletten... Vielleicht sollte sie gar nicht mehr daran denken, nicht dass sie noch verräterische Zeichen aussandte, dachte Mathilde und atmete tief ein und aus.

„Liebe Frieda, ich hoffe, dass du deinen Frieden

gefunden hast und du mit Harald wieder vereint bist. Wie ich dich kennenlernen durfte, wird auch deine letzte Tat irgendjemandem aus der Patsche geholfen haben. Ich werde dich nie vergessen." Mit diesen Worten wandte sie sich ab und verließ das Gotteshaus. Vor der Tür verweilte sie einen Augenblick. Nichts war mehr wie früher. Doch so sehr sie auch die gemeinsame Zeit mit Frieda vermissen würde, so sehr freute sie sich auf das Leben mit der Familie. Endlich nach all den Jahren, könnten die Kinder und Enkelkinder sie wieder in Amecke besuchen. Und wer konnte wissen, wohin ihr weiterer Lebensweg sie noch führen würde. Wohin auch immer. Sie war bereit!

Bäckereifachverkäuferin Anne war erleichtert, als sie von Frieda Engels Geständnis gehört hatte. Wer das Spiel „Stille Post" kennt, der kann sich allerdings vorstellen, dass die wiederholte mündliche Überlieferung der Geschichte von Mal zu Mal mehr Fahrt aufnahm. Fiktion und Wahrheit vermischten sich zu einem Konstrukt, das selbst in der Filmindustrie auf großes Interesse gestoßen wäre. Eine Liebestragödie mit einem ernsten Hintergrund. Nach einem erfüllten Eheleben leistet die liebende Ehefrau Sterbehilfe. So weit so gut. Doch die Würze der Story lag in der Überzeugung von einigen Bewohnern, dass es sich bei Frau Engel um eine echte Hexe gehandelt haben musste.

„Gott sei Dank, wird die Leiche verbrannt", hatte noch vor ein paar Minuten ein Kunde in der Bäckerei getönt. „Man weiß ja nie."

Anne Panes hatte diese Äußerung nicht kommentiert, da ein Einwand bei diesem Herrn ohnehin nicht auf fruchtbaren Boden gestoßen wäre. Sie hatte die liebenswerte, etwas schrullige Frau Engel stets mit viel Freude im Laden begrüßt. Doch seit heute war ihre Wertschätzung der Dame gegenüber ins Unermessliche gestiegen. Sie hatte keine Ahnung, was Frau Engel dazu bewogen hatte, die mysteriösen Sektkorkenfälle auf sich zu nehmen. Aber eines wusste sie mit absoluter Sicherheit, da ihr Sohn Ares sich ihr schon vor Jahren anvertraut hatte und ihr daher die unglücklichen Umstände, die zu Sören Pitzels Tod geführt hatten, hinlänglich bekannt waren. Frau Engel hatte mit seinem Ableben nichts zu tun.

„Danke", murmelte Anne Panes, der mehr als ein Stein vom Herzen fiel. Denn dieses untrügliche Gefühl, dass ihr Sohn Ares eventuell nähere Angaben zum „Unfall" von Konrad Reich geben konnte, hatte sie in letzter Zeit um den wohlverdienten Schlaf gebracht.

„Danke", wiederholte sie leise, und nahm sich vor, nach Feierabend einen Piccolo zu trinken.

Nachdem er Walter zu Hause versorgt hatte, war er bereit, der Wahrheit ins Gesicht zu sehen. Er war diese Geheimniskrämerei satt und wollte Dörte mit einem Besuch überraschen. Sollte sein plötzliches Auftauchen zu einem Ende der Beziehung führen, war dies zwar tragisch, aber unabwendbar. Immer noch hatte er das Bild von Frieda Engel im Kopf, die friedlich schlafend mit dem Foto ihres verstorbenen Mannes in der Hand auf dem Bett gelegen hatte. Liebe über den Tod hinaus.

„Du bist ein unverbesserlicher Romantiker, Jonas", sagte er zu sich selbst, während er das Auto durch die Straßen der Siedlung bugsierte. Da auf den schmalen Zufahrtswegen viele Anwohner ihre Fahrzeuge am Straßenrand abgestellt hatten, musste er sich immer wieder gedulden und dem entgegenkommenden Verkehr Vorfahrt gewähren. Dies gab ihm die Gelegenheit, die Gegend im Licht der Straßenlaternen näher zu begutachten, in der schmucke Einfamilienhäuser um die Gunst des Betrachters wetteiferten. Die Bauweise verriet Jonas, dass die Gebäude in den achtziger Jahren errichtet worden waren, wobei einige bereits, ausgestattet mit Solarpanelen, im neuen Zeitalter angekommen waren. Was ihm positiv auffiel, war die Tatsache, dass niemand einen Steingarten angelegt hatte. Ein Trend, dem Jonas absolut nichts abgewinnen konnte.

„Hausnummer sechsundzwanzig", murmelte er, um durch die eigene Stimme die Aufgeregtheit zu dämpfen. Seit nunmehr drei Jahren trank er nun schon keinen Alkohol mehr. Bisher war ihm die Abstinenz nicht schwer gefallen, aber heute sehnte er sich nach einem Schluck.

„Es ist immer besser, einen klaren Kopf zu behalten", versicherte er sich selbst und umklammerte das Lenkrad mit beiden Händen. Langsam fuhr er weiter, bis das Navigationsgerät ihm verkündete: *„Sie haben ihren Bestimmungsort erreicht. Das Ziel liegt auf der rechten Seite."* Ihm schauderte innerlich, als er seinen Wagen am Straßenrand abstellte. Nun gab es kein Zurück mehr. Wie in Trance näherte er sich dem Bungalow mit der Hausnummer sechsundzwanzig, vor dem ein älterer Herr im schwindenden Tageslicht die Herbstblumen in den Kübeln vor der Haustür inspizierte. In Jonas' Kopf war ein einziges Durcheinander. Was sollte er sagen, wenn er ihr gegenüberstand? Hatte er überhaupt ein Recht, in Dörtes Privatleben einzudringen? Immer mehr Zweifel erschütterten den anfänglichen Tatendrang. Vielleicht wäre es besser, sich nicht in ihre Angelegenheiten einzumischen? Vielleicht hätte er einfach warten sollen, bis sie…"

„Kann ich Ihnen helfen?", fragte der alte Herr, der mittlerweile die Arbeit eingestellt hatte. Die erstaunlich junge Stimme und der stechende

Blick, förderten Jonas' Unwohlsein ins Unermessliche. Er fühlte sich wie ein Kaninchen, das eine Schlange erblickt. Sollte er auf dem Absatz kehrtmachen und einfach flüchten?

„Kann ich Ihnen behilflich sein?", wiederholte der Grauhaarige und hantierte mit einer Schere herum. Das ist bestimmt nur der Gärtner, versuchte Jonas seine Nerven zu beruhigen. Nur der Gärtner. Aber ist das in den meisten Fällen nicht auch der Mörder? Genau in diesem Moment tippte ihm jemand von hinten auf die Schulter. Er erschrak, wich zur Seite aus, wo er mit einem Fuß hängenblieb und stolperte. Da er nichts zu fassen bekam, verlor er das Gleichgewicht. Kurz bevor er mit dem Kopf auf den Boden knallte, blickte er in das grinsende Gesicht eines Gartenzwerges, der ein Sektglas in der Hand hielt. Dann wurde es dunkel.

Freitag   19.00 Uhr

Wer kennt nicht dieses Gefühl der Ohnmacht, wenn von jetzt auf gleich das Leben seine Spielchen treibt? Nachdem Max noch über Frieda Engels Geständnis grübelte, wartete bereits die nächste Mission auf ihn. Dabei fühlte er sich, als befände er sich in einem sogenannten Escape Room, diese Zimmer, in denen man in einer bestimmten Zeit Rätsel lösen muss, um zu entkommen. Sein Zeitfenster war der bevorstehende Ur-

laub mit der Familie und die kniffligen Denk-
sportaufgaben, neben den angeblichen Taten und
Briefen von Frau Engel, der Leichenfund am
Sorpesee.

„Oh, ich bin sehr froh, dass sie ihn rechtzeitig
gefunden haben", schluchzte Nola Förster. „Wer
hätte gedacht, das Valerio zu solchen Abscheu-
lichkeiten fähig ist. Aber total erschüttert bin ich
darüber, dass Frieda Engel meinen Mann umbringen wollte."

„Wie kommen Sie zu der Annahme?", fragte Max
und musterte sein Gegenüber, das trotz der Auf-
regung recht gefasst wirkte.

„Nun, mir ist zu Ohren gekommen, dass diese
Frau Engel ein Geständnis abgelegt hat. Tja, und
am Ufer wurde doch ein Korken gefunden…"

„Sie wollen also damit andeuten, dass diese
hochbetagte Frau den Sportwagen ihres Mannes
manipuliert hat?"

„Wenn Sie das sagen, klingt es tatsächlich ein
wenig eigenartig. Aber man schaut den Leuten
immer nur vor den Kopf, nicht wahr? Wenn sie
Komplizen hatte, dann ist es doch Ihre Aufgabe,
diese Verbrecher zu finden."

„Welches Motiv hätte Frau Engel denn für den
Mord an Ihrem Ehemann gehabt?"

„Das liegt doch wohl auf der Hand! Bei dem hit-
zigen Wortgefecht, was sie vor einiger Zeit mit
meinem Mann geführt hat, als es um die Erweite-
rung der Firma ging. Aber warum sage ich Ihnen

das überhaupt? Es ist doch nicht mein Job herauszufinden, was in einem kriminellen Gehirn vor
sich geht", antwortete Nola Förster schnippisch.
„Und nun entschuldigen Sie mich. Ich würde sehr
gern nach meinem Mann sehen."
„Würden Sie mir freundlicherweise, trotz der
fortgeschrittenen Stunde, noch Ihren Sohn herein-
schicken?"
„Hm", murrte die Angesprochene und stolzierte
ohne ein weiteres Wort davon.

Freitag   19.10 Uhr

Bens Gemütszustand wankte zwischen Freude, Trauer und Wut hin und her. Es war der zweite Leichenfund in seinem jungen Leben und er
wusste bereits jetzt, dass er sich nie an diesen
Anblick gewöhnen würde und wollte. Nur langsam folgte er der Aufforderung seiner Mutter, ins
Wohnzimmer zu gehen, um dem Auge des Geset-
zes gegenüberzutreten, wie sie ironisch bemerkt
hatte. Er hatte darauf keine Antwort gegeben.
Was hätte er auch sagen sollen? Das Verhalten
seiner Mutter war mehr als sonderbar. Die ganze
Geschichte war ohnehin total verworren. Hätte es
sich um einen Spielfilm gehandelt, hätte er schon
nach wenigen Augenblicken das Programm gewechselt. Nun, wenn man in diesem Zusammenhang von etwas Gutem sprechen durfte, dann war
es die Tatsache, dass er mittlerweile mit einer

absoluten Sicherheit wusste, dass er für den Polizeiberuf nicht geeignet war.

„Ich freue mich nicht, Sie wiederzusehen", sagte Ben, als er den Raum betrat. „Nicht, dass wir uns missverstehen, das ist keine persönliche Anfeindung."

„Das habe ich auch nicht so aufgefasst", antwortete Maximilian Knapp und bat ihn mit einer Geste sich hinzusetzen.

Zögerlich folgte Ben der Aufforderung.

„Bitte erzählen Sie mir, was Sie erlebt haben."

„Ich habe nichts mit dieser Sache zu tun. Verdammt, ich scheine immer zur falschen Zeit am falschen Ort zu sein. Sie müssen mir glauben, ich…"

„Ich verdächtige Sie nicht. Ich möchte nur wissen, was an diesem Tag passiert ist."

„Nun…Ich…Tja, war mit meiner…äh… einer Freundin auf der Sorpe zum Stand-up-Paddling. Als sie irgendwann die Balance verlor und ins Wasser stürzte, habe ich mich gewundert, warum das Wasser an dieser Stelle nicht tief ist. Als ich nachschaute, fand ich den Wagen meines Vaters. Als ich jemanden am Steuer sah, dachte ich…"

„Lassen Sie sich ruhig Zeit, Herr Förster. Wir können auch gern ein anderes Mal weitersprechen."

„Nein, nein. Ist schon gut. Wie sich herausgestellt hat, war es ja nicht mein Vater, sondern dessen Geschäftspartner Valerio Stark."

„Sind Sie froh darüber?"

„Ja und nein. Ich bin sehr froh, dass mein Vater noch lebt. Aber ich kannte Valerio schon seit vielen Jahren, und dass er tot sein soll, ist…", schluckte Ben und verstummte.

„Ihr Vater hat zu Protokoll gegeben, dass er Valerio aufsuchen wollte, um ihn wegen der gefälschten Bilanzen zur Rechenschaft zu ziehen. Allerdings eskalierte die Situation. Valerio Stark entwendete den Sportwagen ihres Vaters, um eine Flucht ins Ausland vorzutäuschen. In der Zwischenzeit sollte ihr Vater von Komplizen aus dem Weg geräumt werden. Angeblich hat sich das ganze folgendermaßen abgespielt:

„Valerio, wir sind doch schon zusammen zur Grundschule gegangen. Wenn einer von uns Scheiße gebaut hatte, haben wir immer gemeinsam eine Lösung gefunden. Komm doch endlich zur Vernunft."

„Wenn du gekommen bist, um an mein Gewissen zu appellieren, hast du den Weg umsonst auf dich genommen. Mein Entschluss steht fest."

„Aber wo willst du denn untertauchen? Man wird dich auf jeden Fall finden. Es gibt Mittel und Wege dich abzufangen, selbst wenn du dich im Ausland verstecken willst."

Tja, und genau da liegt dein Denkfehler", antwortete Valerio spöttisch. *„Nicht ich werde flüchten, sondern du. Netterweise hast du mir ja deinen Wagen vorbeigebracht."*

„Ich verstehe nicht."

„Genau das ist schon immer dein Problem gewe-sen. Du hast nie etwas verstanden. Den Erfolg unseres Unternehmens habe ich allein erwirt-schaftet. Während du wie ein Schmarotzer nur den Rahm abgeschöpft hast. Doch damit ist jetzt Schluss! Man wird dein Auto an der Grenze fin-den, wobei von dir jede Spur fehlt."

„Und du bist der Meinung, dass ich bei diesem miesen Spiel einfach mitmache?"

„Siehst du, Richard. Dein Grips reicht noch nicht einmal aus, um meinen simplen Plan zu durch-schauen. Schlaf schön!"

„Was zum Teufel...!"

„Warum hören Sie auf, zu erzählen?", fragte Ben verwirrt. „Stehen Sie etwa auf diese Serien-formate, die mit einem Cliffhanger enden?"

„Nein, das ist eher etwas für meine beiden Kolle-gen", antwortete Maximilian Knapp, während er sein Gegenüber genauestens beobachtete.

„Hören Sie auf, mich anzustarren!", sagte Ben. „Berichten Sie mir lieber, wie es weitergeht!"

Freitag   19.30 Uhr

Als er sich aufrichten wollte, durchfuhr ihn ein höllischer Kopfschmerz.

„Aua! Verdammt!", murmelte er und versuchte krampfhaft, die Gedächtnislücken zu füllen. Nur langsam gewöhnten sich seine Augen an die schummrigen Lichtverhältnisse. Er lag auf einem Bett, neben dem sich eine Kommode befand. Auch einen Kleiderschrank konnte er erkennen. Wo war er? Hatte man ihn entführt? Dieser Gedanke trieb seinen Puls auf Rekordhöhe, das Herz raste und auf der Stirn bildete sich Schweiß. Auch das vermaledeite Dröhnen im Schädel wurde stärker. Ohne Vorwarnung erfasste ihn ein Schwindel, der ihm das Gefühl vermittelte, in einem Karussell zu sitzen. Instinktiv hielt er sich am Bettgestell fest. Dabei blieb sein Blick an dem Blumenstrauß haften, der auf dem Nachttischschränkchen stand. Schlagartig prasselten alle fehlenden Informationen auf einmal auf ihn ein, als wäre das üppige Bouquet der Schlüssel zu einer verschütteten Kammer in seinem Gehirn. Dörte, der Gärtner, der Sturz.

„Geht es Ihnen besser?"

Vor lauter Angespanntheit hatte er nicht bemerkt, dass jemand das Zimmer betreten hatte. Langsam wandte er sich der Stimme entgegen und erstarrte. Über ihm thronte ein muskulöser Mann, der Dauergast in den heimischen Fitnessstudios zu sein schien, mit einer Flasche Sekt in der Hand. Der Sektkorkenvollstrecker, spukte es durch Jonas' Kopf. War dieser bullige Kerl ein Komplize von Frieda Engel? Denn es war doch klar wie Kloßbrühe, dass eine alte Lady Unterstützung benötigte, um die Verbrechen zu bewerkstelligen. War Dörte ebenfalls in diese Vorfälle verwickelt?

„Dann wollen wir das Ganze mal beenden", sagte in diesem Moment der Muskelprotz. Jonas stockte der Atem. Würde er das nächste Opfer werden?

Freitag   **19.30 Uhr**

„Aber erst brauche ich was zu trinken."
„Möchten Sie einen Whisky?", fragte Ben und schaute den Kommissar erwartungsvoll an.
„Nein, danke."
„Sind Sie sicher? Ich kann Ihnen allerhand edle Tropfen anbieten."
„Das ist sehr nett. Dankeschön. Aber keinen Alkohol im Dienst."
„Tja, eigentlich habe ich dem Alkohol komplett abgeschworen. Aber seit ich wieder zu Hause bin, ist alles anders."
„Wie meinen Sie das?"
„Keine Ahnung. Schwer zu erklären. Irgendwie ist alles vertraut und dann wieder nicht. Ach, ich rede wirres Zeug. Ist ohnehin gesünder, nur Mineralwasser zu trinken. Vor kurzem hatte ich sogar Wahnvorstellungen nach…"
„Wahnvorstellungen?"
„Ja, ich hatte einiges an Rotwein getrunken und… Ich weiß gar nicht, warum ich das jetzt erwähne? Fahren Sie lieber mit der Aussage meines Vaters fort", verlangte Ben Förster und reichte Maximilian Knapp ein Glas Wasser. Mit einem kurzen Nicken bedankte sich dieser und nahm

einen tiefen Schluck.

„Ah, das tut gut. Nun, eigentlich gibt es nicht mehr zu erzählen. Alles was danach folgt, beruht auf Mutmaßungen. Ihr Vater hat zu Protokoll gegeben, dass ihm etwas injiziert worden sei und er sich daher an keine Details erinnern kann. Sein Blut ist zurzeit noch im Labor zur Untersuchung. Fakt ist, dass wir ihren Vater in dem Kellerraum von Valerio Starks Anwesen fanden. Die Tür war von außen verriegelt.

„Und auf der Flucht ist Valerio dann zufällig verunglückt?", warf Ben ein.

„Tja, der „Unfall" ist angeblich Frau Frieda Engel zuzuschreiben."

„Wissen Sie was, Herr Kommissar? Oh, ich darf Sie doch so nennen, oder? Nun, wie auch immer. Ihre Geschichte fängt an, unlogisch zu werden. Warum sollte diese Frau Engel den Geschäftspartner meines Vaters umbringen?"

„Eigentlich wollte sie ihren Vater aus dem Weg räumen, mit dem sie über den Firmenausbau durch das Naturschutzgebiet laut Zeugenaussagen mehrfach verbal aneinander geraten sei. Doch da Herr Stark den Sportwagen ihres Vaters entwendet hatte, ist er versehentlich zum Opfer geworden."

„Dann hat Frau Engel meinem Vater das Leben gerettet."

„Ja, das kann man so sagen. Denn laut ihrem Vater wollte Herr Stark jemanden schicken, der ihn für immer verschwinden lässt. Doch durch den Unfall wurde der Plan von Herrn Valerio Stark durchkreuzt."

„Hm", bemerkte Ben. „Glauben Sie diese Geschichte?"

„Wie steht es mit Ihnen?", fragte Max Knapp und musterte seinen Gesprächspartner mit einer Intensität, dass dieser dem Blick ausweichen musste.

„Sie sind gruselig, wenn Sie einen anstarren", sagte Ben und fügte hinzu: "Um ihre Neugier zu befriedigen. Nein, ich glaube es nicht. Aber was ist mit Ihnen?"

Ohne eine Antwort auf die Frage zu geben, stand Maximilian Knapp auf und ging zur Tür. Bevor er den Raum verließ, wandte er sich um und sagte: "Ich bedanke mich für das Gespräch, Herr Förster."

Samstag   08.00 Uhr

Leonie umklammerte die Kaffeetasse und schaute aus dem Fenster ihrer Wohnung, ohne etwas von der Umgebung wahrzunehmen. Immer noch waren die Ereignisse in ihrem Kopf präsent. Innerhalb von Sekunden hatte sich der perfekte Nachmittag in einen Horrortrip verwandelt. Noch jetzt glaubte sie auf ihrer Haut die Kühle des Wassers zu spüren, als sie vom Board gefallen war. Um die innere Kälte zu vertreiben, nahm sie einen weiteren Schluck.

„Bäh, lauwarm!", stellte sie voller Entrüstung fest. Sie hatte keine Ahnung, wie lange sie untätig vor dem Fenster gesessen hatte. Nun, zumindest lange genug, um den Cappuccino kalt werden zu lassen, dachte sie verbittert. Als sie die Tasse abstellte, streifte ihr Blick das Mobiltelefon. Behutsam nahm sie das Gerät zur Hand und überprüfte die privaten Nachrichten. Zwei Freundinnen wollten wissen, wie das sportliche Date abgelaufen war. Ihre Mutter fragte, ob sie schon wach sei und Ben hatte um drei Uhr morgens geschrieben: „Kannst du auch nicht schlafen?"

„Na toll" Da ich mich nicht gemeldet habe, denkt der bestimmt, dass ich eine gefühllose Emanze bin, die keine Schwäche zeigen will", wetterte Leonie und tippte mit flinken Fingern: „Hab was eingeworfen!"

In dem Moment als sie die Nachricht verschickte, wurde ihr die Doppeldeutigkeit bewusst.

„Mist! Wahrscheinlich denkt er jetzt, dass ich mich zugedröhnt habe", stöhnte Leonie und beschloss den Satz zu löschen. Doch es war zu spät. Bevor sie agieren konnte, hatte Ben die Nachricht bereits gelesen. Was nun? Sie konnte ihm doch nicht mitteilen, dass es sich bei der vermeintlichen Droge um eine Portion Stracciatella-Eis und ein paar homöopathische Mittel handelte, die ihre Mutter gestern vorbeigebracht hatte. Fieberhaft suchte Leonie nach einer Möglichkeit, die Wahrheit spektakulär in Worte zu fassen. Leider schien

143

ihre kreative Ader eingerostet zu sein.

„Denk nach, Leonie!", versuchte sie sich selbst anzustacheln. Doch wo Ideen sprudeln sollten, herrschte gähnende Leere. Um das Gedankenkarussell anzukurbeln, blickte sie erneut aus dem Fenster. Ein Lächeln huschte über ihr Gesicht, als sie Heinz-Otto Schulte-Vlies in Begleitung seiner Gattin im Park erblickte. Wieder einmal spukte die Frage durch ihren Schädel, ob sie und Ben auch ein glückliches Paar werden könnten. Aber wer wollte schon mit einer unsportlichen, zugedröhnten Person befreundet sein? Sie war einfach nur dämlich. Selbst bei einem Vorsprung von 10:1 Toren würde sie das Spiel noch verlieren. Missmutig schaute sie auf das Handy. Ach je, sie hatte gar nicht bemerkt, dass Ben noch einmal geschrieben hatte. Mit zittrigen Händen und einem Herzschlag, der in ihren Ohren dröhnte, las sie seine Mitteilung: „Cool. Hätte ich dir nicht zugetraut. Könnte auch was gebrauchen. Treffen?"

„Du bist zurück im Rennen", murmelte Leonie und strahlte. Doch die Freude währte nicht lange. Schlagartig fiel ihr ein, dass er sie eventuell unter falschen Voraussetzungen sehen wollte. War es wirklich klug zu beichten, dass ihre „Drogen" aus Stracciatella-Eis und Globuli bestanden?

„Gerne. 11 Uhr auf dem Parkplatz „Zur schönen Aussicht", tippte sie nahezu reflexartig. Das würde ihr auf jeden Fall die nötige Zeit verschaffen, um in Ruhe nachzudenken. Abgesehen davon würde auch der Eiswagen, der am Vorbecken der Sorpe stand, vor Ort sein. Und was gab es gegen Eis als Seelentröster einzuwenden?

Samstag   **08.15 Uhr**

Wie an jedem dienstfreien Wochenende hatte er in der ansässigen Bäckerei pünktlich um 7.30 Uhr frische Brötchen geholt. Es war eine Art von Tradition, die er, obwohl seine Familie noch nicht von dem Nordseeaufenthalt zurückgekehrt war, nicht missen wollte. Abgesehen davon barg dieser Ort eine verlässliche, sprudelnde Quelle von Informationen, die sich schon oft als wertvoll erwiesen hatte. Das Topthema Nummer eins war, wie sollte es auch anders sein, die mysteriösen Umstände von Frieda Engels Ableben. Wobei alle Berichte und Aussagen die Verstorbene in einem beinahe mystischen Licht darstellten. „Die letzte Hexe von Amecke" avancierte zu einem modernen Märchen, gewürzt mit einem „Hauch" Hollywood, welcher die Fantasie beflügelte. Sei es die große Liebe zu ihrem Mann, den sie von seinen Leiden erlöst hatte, oder die Vorfälle, in denen sie angeblich indirekt Einfluss auf das Leben von Personen genommen hatte, die niemand im Ort wirklich vermissen würde. Sören Pitzel, der durch einen Schlag gegen die Schläfe ins Straucheln geraten war und unglücklich auf einen, von der Natur zurückeroberten, Minigolf-Parcours gestürzt war. Konrad Reich, der von seinen Jagdkollegen erschossen worden war, da sie ihn für ein Wildschwein gehalten hatten und Egon Krass, der nach einem Sturz von einer Kreuzotter gebissen wurde und dies aufgrund seiner Herzschwäche nicht überlebt hatte.

„Hexerei", hatte sein Kollege gemunkelt, „wenn da mal keine Zauberei im Spiel war."

Max hatte diese Äußerung als Gag aufgefasst, jedoch am besorgten Gesichtsausdruck von Sven Herbst erkannt, dass diesem nicht zum Scherzen zumute war. Für Max hingegen zählten nur Fakten, mit übersinnlichen Phänomenen konnte er nichts anfangen. Er war sich vollkommen sicher, dass Frieda Engel jemanden beschützte. Handelte es sich um Streiche, die nach dem „Russisch-Roulette-Prinzip" ausgeführt worden waren? Was allerdings überhaupt nicht ins Bild passte, war der Anschlag auf Richard Förster: Nicht nur, dass dieser im Dorf, trotz seiner Pläne das Unternehmen zu erweitern, ein gern gesehener Zeitgenosse war. Nein, die Vorgehensweise sein Ableben zu arrangieren, war nicht mit den anderen Taten vergleichbar. Insbesondere da in diesem Fall ein Unschuldiger zu Tode gekommen war. Oder etwa nicht?

„Das Ganze klingt wie eine fiktive Geschichte!", *hatte Jule gestern voller Überzeugung am Telefon* *gesagt. „Ich kenne Frau Engel schon seit einiger*

Zeit und habe sie als einen fürsorglichen, freund-
lichen Menschen kennengelernt. Eine Person, die
für alle stets ein offenes Ohr hatte. "

„Die perfekte Retterin in der Not", hatte Max
darauf geantwortet und Jule für einen Augenblick
zum Verstummen gebracht.

„Hm, da könntest du natürlich recht haben. "
„Wie immer", hatte er neckend eingeworfen.
„Na ja, das sollten wir morgen persönlich be-
sprechen. "

„Ich freue mich schon. "

„Jetzt mal was anderes. Hast du schon die tollen
Fotos gesehen, die ich dir heute geschickt habe?
Wundere mich, dass du die nicht kommentiert
hast. "

„Nun, im Gegensatz zu dir muss ich arbeiten. "
„Du bist wirklich zu bedauern. Soll ich Elias in
deinen neuen Fall einweihen? Vielleicht hat er
wieder eine „Bienenstich-Theorie", die dich auf
die richtige Fährte lenkt, wie in deinem Fall vor
drei Jahren. "

Max musste schmunzeln, als er sich an Jules
Worte erinnerte. Ihr zu dem Zeitpunkt dreijähri-
ger Sohn Elias hatte einen Satz vor sich hinge-
plappert, der für die Aufklärung von Bedeutung
gewesen war und als „Bienenstich-Theorie" in
die Familiengeschichte eingegangen war. Letztendlich hatte sie zu der Erkenntnis geführt, dass
sich das Offensichtliche manchmal verbirgt. Gedankenverloren streichelte Max durch das samt-

weiche Fell von Kater Merlin, der es sich auf der Zeitung gemütlich gemacht hatte. Schnurrend rekelte er den Körper auf dem Druckerzeugnis, was das Lesen enorm erschwerte. Doch Max konnte sich ohnehin nicht konzentrieren. Da waren diese unerklärliche Vorahnung, ein Bauchgefühl und eine Art von Unzufriedenheit, die ihm den Start in die Urlaubswoche vermiesten. Sein Chef Janus Thal hatte ihm telefonisch mitgeteilt, dass auch der „Richard Förster Fall" als abgeschlossen anzusehen war, da Frau Frieda Engel die „Sektkorkenfälle" gestanden hatte und solch ein Objekt am Tatort gefunden worden war. Aber es widerstrebte Max, die Akte zu schließen, da dieses Verbrechen überhaupt nicht zu den früheren Taten passte. Außerdem konnte er sich diese übereilige Abwicklung nicht erklären. Hatte Janus Thal persönliche Gründe, die ihn dazu zwangen? Schließlich gehörte Familie Förster zu dem Personenkreis, zu dem sich Janus Thal in seiner Freizeit hingezogen fühlte. Diese Anhäufung von Unstimmigkeiten raubte ihm den Verstand. Leider fand er keinen Anhaltspunkt für seine Intuition.

„Was würdest du eigentlich von einem vierbeinigen Jungspund halten?", fragte Max, während er Kater Merlin über den imposanten Kopf streichelte. Jule hatte gemeint, dass man einen letzten Willen auf keinen Fall ausschlagen dürfte und auf seinen Einwand salopp eingeworfen: „Kläre das mit Merlin und Fee."

„Also was meinst du, Merlin?"

Der Angesprochene betrachtete ihn mit den tief-
gründigen blauen Augen, die Max noch heute an
seine erste Ehefrau erinnerten und gähnte.

„Soll das bedeuten, dass es dir ohnehin zu langweilig ist und du dich nach Action sehnst?", warf
Max schmunzelnd ein. „Nun, wir werden das
Thema noch mal im Familienrat besprechen. Wobei ich deine Meinung natürlich in die finale Entscheidung einfließen lassen werde."

Er konnte es kaum erwarten, Jule wieder in die
Arme schließen zu können. Außerdem vermisste
er das quirlige Treiben, wenn Elias und Emilia-
Hanna durch das Haus tobten. Schade, dass sie
den heutigen Abend nicht in trauter Zweisamkeit
genießen konnten, da Wolfram Wilhelm Berg mit
Lebensgefährtin Hera sowie, aufgrund seiner Net-
tigkeit, Jonas Blitzke mit der geheimnisvollen
Dörte ihren Besuch angekündigt hatten. Aber die
würden bestimmt nicht lange bleiben? Oder?
Sollte er schon einmal überprüfen, ob genug Getränke im Haus waren? Gerade, als er sich entschlossen hatte, damit zu warten bis Jule wieder
zu Hause war, klingelte sein Telefon.

„Jule", stellte er mit Erstaunen fest.

„Du bist mein liebster Schatz", krächzte Walter und nahm das Apfelstück begierig entgegen. Für eine Weile beobachteten Jonas und Dörte in trauter Zweisamkeit den Papagei, der genüsslich am Obst pickte. Jonas fühlte sich wie im siebten Himmel, der voller Geigen, Harfen und rosaroten Wolken hing.

„Mein Held", hauchte Dörte mit einem ironischen Unterton, den Jonas allerdings nicht zur Kenntnis nahm, da er in seinen Sphären keinen Platz für negative Schwingungen hatte.

„Ja, ja, ich war schon recht mutig", antwortete er und legte den Arm um Dörtes Schultern. Es war das allererste Mal in ihrer Beziehung, dass sie die Nacht miteinander verbracht hatten. Jonas genoss jede Berührung, um zu bestätigen, dass es sich nicht um einen Traum handelte.

„Nun, mutig …. Tja, da hat mein Bruder aber was anderes erzählt", warf Dörte lachend ein und löste sich aus der Umarmung. Dann schaute sie aus dem Fenster und genoss für einen Moment die Aussicht auf das Sorpeseevorbecken. „Toll, wirklich idyllisch", schwärmte sie. „Und nun lass uns frühstücken. Ich bin am Verhungern."

Jonas stand immer noch an derselben Stelle, wie ein ungezogener Junge, dem man die Leviten gelesen hatte.

„Was ist mit dir?", fragte Dörte und schaute ihn

verwirrt an.

„Hm", murmelte er, unsicher, wie er seinen Stimmungswechsel erklären sollte. War es ratsam zuzugeben, dass die Erwähnung ihres Bruders seiner Glückseligkeit einen Dämpfer verpasst hatte? „Nun, dein Bruder hat mich vielleicht ein wenig erschreckt, als er mit der Sektflasche…Weißt du, ich dachte, er sei der Sektkorkenvollstrecker und…"

„Pst", fiel ihm Dörte ins Wort, „du musst dich nicht für dein Verhalten entschuldigen. Ich brauche keinen Actionhelden, sondern einen liebevollen, treuen Mann. Außerdem war es irgendwie doch recht mutig meinen Bruder zu fragen, ob er auch alkoholfreien Sekt hat, da du dem Alkohol abgeschworen hast."

„Du bist doof", schmetterte Papagei Walter in diesem Moment voller Inbrunst und vertrieb mit seiner Äußerung die leichten Unstimmigkeiten, die den Liebeshimmel getrübt hatten. Sowohl Jonas als auch Dörte lachten, fielen sich in die Arme und küssten sich leidenschaftlich.

„Igitt!", krächzte Walter und schüttelte das Gefieder.

„Soll ich euch abholen?", fragte Max, der die Nachricht, dass Jule und die Kinder heute nicht zurückkommen würden, noch nicht akzeptieren wollte. Als sie in der Frühe aufbrechen wollten, war der Wagen nicht angesprungen. In der Werkstatt hatte man ihnen dann mitgeteilt, dass das Ersatzteil erst am Montag eingebaut werden kann. „Unglaublich, dass das mit der Reparatur so lange dauert! Also, wenn ich mich jetzt auf den Weg mache, könnte ich in drei Stunden bei euch sein."

„Ach, das ist doch nicht nötig. Dann müsste Sammy ja allein ausharren. Nein, nein, wir haben schon alles geklärt. Wir können noch in der Ferienwohnung bleiben und kommen dann übermorgen, wenn der Wagen startklar ist."

„Hm, dann sage ich das Treffen für heute ab."

„Warum das denn? Anstatt Trübsal zu blasen, kannst du doch lieber einen gemütlichen Abend mit Freunden verbringen."

„Und wenn ich euch doch schnell abhole?"

„Max", erwiderte Jule bewusst betont, „wie ich dich kenne, bist du doch ohnehin noch gedanklich mit den Vorfällen beschäftigt. Wer weiß, was sich an diesem Wochenende noch ergibt."

Nun, ich könnte eventuell am Montagmorgen noch mal ins Büro fahren und mit Sven und Noah die Details durchgehen."

„Wusste ich es doch", warf Jule lachend ein.

„Und wenn du dann mittags zurückkommst, sind wir wieder zu Hause und genießen die restlichen Ferien zusammen. Also lautet mein Befehl: Löse den Fall, Mr. Holmes!"

„Ihr Wunsch ist mir Befehl, meine Liebste. Dann werde ich mich mal mit einem „Herrengedeck" zurückziehen und einsam vor mich hin grübeln", erwiderte Max theatralisch.

„Übertreib es nicht mit den Süßigkeiten!", mahnte Jule, die sofort wusste, dass ein „Herrengedeck" eine Flasche Wasser, Kaffee in der Warmhaltekanne und Schokolade beinhaltete.

„Aber das mache ich doch nie. Höchstens in Ausnahmesituationen."

„Ich vermute, das ist eine."

„Wenn du es sagst."

Als sie nach weiteren Neckereien und Liebkosungen das Gespräch letztendlich beendeten, verharrte Max für eine Zeitlang an Ort und Stelle. Zwei weitere Tage ohne seine Familie verbringen zu müssen, fühlte sich schon jetzt wie eine Ewigkeit an. Jules Äußerung, dass der abendliche Besuch eine nette Ablenkung sein würde, war wirklich nicht von der Hand zu weisen. Je mehr er darüber nachdachte, desto besser gefiel ihm die Idee.

„Warum eigentlich nicht… ich müsste nur noch ein paar Besorgungen machen", murmelte er. „Doch vorher brauche ich noch etwas Koffein." Während er das Pulver in die Maschine füllte, fielen ihm die Worte von Frieda Engel wieder ein, als sie ihm bei einer ihrer Begegnungen etwas zu trinken angeboten hatte. *„Möchten Sie eine Tasse Kaffee, Herr Knapp? Ich bleibe allerdings bei meinem Tee. Aber mein Harald schwörte auch immer auf die belebende Wirkung von einem starken Kaffee. Aber eines darf man nie vergessen, wenn auch das Kaffeepulver immer gleich aussieht, so kann es doch trotzdem grundverschieden sein."*

„Hm", murmelte Max, „ist die letzte Hexe von Amecke und der Sektkorkenvollstrecker wirklich ein und dieselbe Person?"

Samstag   11.00 Uhr

„Da passt überhaupt nichts zusammen", sagte Ben und folgte Leonie, die ihn mit ihrer besonderen Droge verwöhnen wollte. Wie abgesprochen hatten sie sich auf dem Parkplatz "Zur schönen Aussicht" am Sorpeseevorbecken getroffen. Er war mehr als gespannt und hatte Mühe, seine Aufgeregtheit unter Kontrolle zu bringen. Niemals hätte er Leonie zugetraut, dass sie irgendwelche illegalen Mittel einnahm. Zwar trübte diese Erkenntnis sein Weltbild ein wenig, da er die ganze Zeit gedacht hatte, dass zumindest Leonie eine bekannte, feste Konstante in seinem Leben sei. Allerdings passte diese Entwicklung zu dem Chaos, welches momentan an ihm zu kleben schien. Die Sorge um seinen Vater hatte seine Eltern wieder zusammengeschweißt. Vorbei das eigentümliche Verhalten seiner Mutter, vorbei das Gerede von Trennung und Mordgedanken. Mit dem Tod von Valerio Stark schienen alle Streitigkeiten beigelegt. Obwohl er sich darüber freuen sollte, blieb ein fader Beigeschmack, den er nicht in Worte fassen konnte. Auch der Kommissar hatte angedeutet, dass er an der Geschichte Zweifel hegte. Sollte er noch einmal mit ihm Kontakt aufnehmen?

„So, da sind wir", erklärte in diesem Moment Leonie und wies strahlend mit einer Hand Richtung Eiswagen.

„Ich verstehe nicht", stammelte er verwirrt.

„Was gibt es denn da nicht zu verstehen? Meine Lieblingsdroge ist Stracciatella-Eis", gestand sie lachend. „Möchtest du eine oder zwei Kugeln?"

„Stracciatella-Eis", wiederholte er, „einfach nur Eis?" Er wusste nicht, ob er enttäuscht oder erleichtert sein sollte. Leonie schaute ihn derweil mit einer Mischung aus Angespanntheit und Angst an und warf nahezu hauchend ein: „Nicht einfach nur Eis. Sondern Stracciatella-Eis."

„Okay, dann nehme ich bitte zwei Kugeln, um die doppelte Wirkung zu erzielen", antwortete Ben und erlöste Leonie sichtlich von ihrer Pein, denn ihre Augen begannen zu strahlen wie der Sternenhimmel in einer wolkenlosen Nacht.

„Ich liebe Geschichten mit Happyend", sagte
Hera und prostete allen zu: „Auf Jonas und Dörte!"

„Auf Jonas und Dörte", wiederholten alle Anwesenden im Chor und erhoben ihre Gläser, bevor
sie einen Schluck Sekt tranken. Trotz Max' anfänglichen Bedenken war es ein netter Abend, der
ihn wirklich auf andere Gedanken brachte. Er
freute sich für Jonas Blitzke, dass die Geheimnisse um Freundin Dörte endlich gelüftet worden
waren und er die Zweisamkeit bedingungslos
genießen konnte.

„Da haben Sie also einen angeblich kranken Vater als Vorwand genutzt, die Dinge nicht über-
stürzen zu wollen?"

„Tja, Not macht erfinderisch. Insbesondere, wenn
man schon öfter enttäuscht worden ist. Ich hatte
allerdings schon ein schlechtes Gewissen, meinen
Vater als Demenzkranken auszugeben, wo er sich
zum Glück bester Gesundheit erfreut."

„Und gerne im Garten arbeitet", fügte Jonas hinzu.

„Aber sagen Sie mal, Herr Blitzke. Wann haben
Sie denn, als Sie nach dem Sturz wieder erwach-
ten, erkannt, dass von dem Mann mit der Sektflasche keine Gefahr ausging, da es sich lediglich
um den Bruder ihrer Freundin Dörte handelte und
nicht um diesen Sektkorkenvollstrecker?"

„Nun,…", stotterte Jonas, „natürlich sofort, als…"

„Papperlapapp, da hat mein Bruder aber was anderes erzählt", mischte sich Dörte ein. „Witzig war nur, dass Jonas nach alkoholfreiem Sekt gefragt hat."

„Nun, ich bin halt…", stammelte Jonas verlegen, „nun, wie soll ich sagen…?"

„Sehr verwegen", vollendete Hera den Satz und lächelte ihm zu. „Ansonsten hätten Sie, im Angesicht des vermeintlichen Todes, doch nicht nach alkoholfreiem Sekt gefragt."

„Eine nette Anekdote. Die können sie auf jeden Fall für einen ihrer Romane verwenden", sagte Wolfram Wilhelm Berg. „Wir sollten auf ihre schriftstellerischen Erfolge anstoßen, wo wir doch noch Sekt im Glas haben. Auf etwas Gutes stößt man doch immer gern mit einem Schaumwein an, damit es prickelt …"

„Und spritzt", vollendete Hera die Ansprache. „Sonst nimmt es womöglich kein spritziges Ende mit uns", meldete sich Dörte zu Wort und warf Jonas einen verliebten Blick zu.

„Auf den nächsten Bestseller!", hallte Wolfram Wilhelm Bergs sonore Stimme durch den Raum. Wieder folgte ein Gläserklirren, untermalt von heiterem Gelächter und mittendrin ein strahlender Jonas Blitzke, der an diesem Abend mit der Sonne hätte wetteifern können.

Schade, dass Jule diesen amüsanten Abend nicht

miterlebt, dachte Max und beobachtete Hera, die den Korken in ihren Händen hin- und her drehte. „Ich brauche immer eine Beschäftigung", erklärte sie entschuldigend.

„Oh, das ist doch kein Problem", antwortete Max etwas ungelenk, da er nicht damit gerechnet hatte, dass sie seine Musterung bemerkt hatte. „Wussten Sie eigentlich, dass es unterschiedliche Sektkorken gibt?"

„Hm, nein, da habe ich noch nicht wirklich drüber nachgedacht", gab Max zu.

„Bei teurem Sekt verwendet man reine Naturkorken, während die anderen meistens zweigeteilt sind. Das bedeutet, dass bei günstigeren Sorten der untere Teil aus Naturkorken besteht und der obere Teil aus Presskorken, die dann zusammengefügt…"

Max konnte im Nachhinein nicht mehr sagen, wie lange Hera noch über das Thema referiert hatte. Für ihn zählte nur, dass er der Lösung des Problems einen entscheidenden Schritt näher gekommen war.

Sonntag   **11.10 Uhr**

Er brauchte Beweise, um seine Vermutung zu untermauern. Obwohl ihm der Gedanke, tatsächlich etwas herauszufinden, auf eine Art auch widerstrebte. Wäre es nicht besser, einfach alles hinzunehmen? Nachdenklich betrachtete Ben die

Visitenkarte von diesem Kommissar Maximilian Knapp, bevor er sie wieder in die Gesäßtasche seiner Jeans steckte. Sollte er wirklich in diesem Hornissennest herumstochern? Im Moment war doch alles perfekt. Seine Eltern waren erstaunlicherweise wieder vereint und es schien, als hätten die vergangenen Tage ihre Beziehung noch mehr als vorher zusammengeschweißt. Selbst diese angebliche Liebesaffäre seines Vaters war von jetzt auf gleich kein Thema mehr, als hätte es sie nie gegeben. Und genau diesem Punkt wollte er auf den Zahn fühlen und hatte ein Treffen mit Zoe Terell, der Assistentin seines Vaters, vereinbart. Diese Entscheidung war mehr als impulsiv gefallen, ohne dass er sein Vorhaben überdacht oder mit jemandem abgesprochen hatte. Nun, das war definitiv der Nachteil von Impulsivität und er bereute bereits jetzt, dass er ihr vollkommen unvorbereitet gegenüberstehen würde. Was wusste er überhaupt von dieser Zoe? Eigentlich nichts. Als er telefonisch Kontakt aufgenommen hatte, war er sofort von dieser lieblichen Stimme betört worden, so dass er dem eigenartigen Treffpunkt ohne Murren zugestimmt hatte. Auch die Tatsache, dass sie ohne zu hinterfragen, warum er sie treffen wollte, sofort nahezu freudig, eine persönliche Begegnung befürwortet hatte, bereitete ihm im Nachhinein Kopfschmerzen.

„Oh, sind Sie nicht der Sohn von Richard Förster? Ich habe schon viel von Ihnen gehört. Natür-

lich können wir miteinander reden. Gerne auch von Angesicht zu Angesicht. Kennen Sie sich am Sorpesee gut aus? Da gibt es eine perfekte Bucht..."

Nun stand er hier und wartete. Pünktlichkeit schien schon mal keine ihrer Tugenden zu sein, denn die verabredete Zeit war bereits seit zehn Minuten überschritten. Nervös trat er von einem Fuß auf den anderen. Sollte er eventuell doch jemandem mitteilen, wo er sich befand? Instinktiv fasste er an die Hosentasche, in dem er die Visitenkarte aufbewahrte. Doch was sollte er dem Kommissar mitteilen? Bestimmt war diese Zoe ohnehin bereits verhört worden, oder etwa nicht? Seit den Ereignissen am Freitag war noch nicht viel Zeit vergangen und da diese Frieda Engel die „Sektkorkentaten" auf sich genommen hatte, konnte das bedeuten, dass weitere Ermittlungen nicht nötig waren. Sein verschwundener Vater war wieder aufgetaucht. Valerio Stark galt als Zufallsopfer und die angebliche Täterin war verstorben. Und der Ben Förster, der vor kurzem noch festgestellt hatte, dass er für den Polizeidienst vollkommen untauglich war, steckte mitten in privaten Nachforschungen. Finde den Fehler, dachte er grimmig und scharte mit seinen Schuhen im steinigen Untergrund herum.

Sonntag   11.15 Uhr

Verängstigt ließ er die Streicheleinheiten über sich ergehen. Obwohl man sich liebevoll um ihn kümmerte, vermisste er die Geborgenheit und Ruhe, die er noch vor kurzem genießen durfte. Hier war es laut und hektisch, voller neuer Eindrücke, die ihn überforderten. Er begann zu schnurren, um zu signalisieren, dass von ihm keine Gefahr ausging und um sich selbst zu beruhigen.

„Bald ziehst du in ein schönes Zuhause um, kleiner Panther. Oh, entschuldige, dein Name ist ja Hardy."

Was die Worte bedeuteten, vermochte er nicht zu sagen. Doch er spürte am Tonfall, dass es etwas Gutes sein musste. Gierig verschlang er das Futter, das ihn gereicht wurde. Danach steckte man ihm etwas ins Maul, was widerlich schmeckte. Am liebsten hätte er es ausgespuckt. Doch durch einen gezielten Griff zwang man ihm dazu, dieses komische Zeug zu schlucken. Er wand sich wie ein gestrandeter Fisch. Leider reichte seine Kraft noch nicht aus, diesem Martyrium zu entkommen.

„Das brauchst du, damit du schnell gesund wirst." Gerade als er mit einem Fauchen antworten wollte, füllte jemand solch eine leckere, duftende Speise in diesen Napf, dass er den Groll schnell vergaß.

„Am Montag wird dich deine neue Familie besuchen. Das wird dir gefallen."

Sonntag   11.30 Uhr

Leonie stutzte, als sie im Vorbeifahren das Auto erkannte, welches am Wegesrand parkte. „Was machst du denn hier?", sagte sie laut und stoppte ihr Fahrzeug am Straßenrand. Wie jeden zweiten Sonntag im Monat war sie auf dem Weg zu ihrer Großmutter, die in Mellen wohnte. Seit ungefähr zwei Jahren war dies eine Art von Tradition, bei der die ganze Familie zusammenkam. Schnell tippte sie eine Nachricht, um ihre Mutter zu informieren, dass sie sich ein wenig verspäten würde. Im Grunde genommen war es eine kindische Entscheidung Ben Förster nachzuspionieren. Schließlich beruhte eine Beziehung auf Vertrauen und... Nun, da lag das eigentliche Problem. Waren sie ein Paar, oder nicht? Aber wäre es nicht ein tolles Zeichen, wenn er mit nach Mellen kommen würde?

„Bleib im Auto sitzen und fahr einfach weiter!", murmelte sie und stierte nach draußen, ohne die Umgebung wahrzunehmen. „Und wenn ich ihm nur kurz hallo sage?", erklärte sie dem Armaturenbrett. Was hatte sie zu verlieren? Wie in Trance stieg sie aus dem Wagen. Dann huschte sie auf die gegenüberliegende Seite und schlich im Schutz der Bäume und Sträucher in die Bucht.

Das Warten steigerte Bens Nervosität. Mittlerweile hatte er damit angefangen, Steine ins Wasser zu werfen, um diese flitschen zu lassen. Dies war in Kindertagen ein toller Zeitvertreib gewesen, der meist in Wettkämpfe ausgeartet war. Bereits bei der Suche nach dem richtigen Geschoss musste man Sorgfalt walten lassen. Nicht zu groß und am besten flach, damit der Kiesel gut in der Hand lag. Natürlich kam es auch auf die richtige Wurftechnik an. Na bitte, wer sagte es denn. Gleich fünfmal berührte der Stein leicht das Wasser, bevor er in den Fluten versank. Er hatte es noch nicht verlernt. Ob Leonie ihn in dieser Disziplin schlagen könnte? Bei dem Gedanken an Leonie erhellte sich seine Stimmung. Wie gern wäre er jetzt mit ihr am Eiswagen, um ihre „Superdroge" zu bestellen.

„Ich könnte eine große Portion vertragen", murmelte er und hielt in seinem Treiben inne. Verdammt noch einmal, wie lange sollte er eigentlich noch hier rumstehen? Diese Zoe schien es sich anders überlegt zu haben. Wieder einmal schimpfte er sich insgeheim einen Narren, dass er dem Treffen zugestimmt hatte. Wahrscheinlich hatte sie sich nur einen Spaß mit ihm erlaubt und beobachtete ihn aus der Entfernung. Suchend schaute er in die Richtung des Waldes und stutzte. Nein, das konnte nicht sein! Oder doch? War das nicht Leonie? Ben schüttelte seinen Kopf. Es konnte sich nur um eine Einbildung handeln. Warum sollte sich Leonie hinter einem Baum verstecken. Außerdem wusste sie doch überhaupt nicht, dass er hier war. Wahrscheinlich handelte es sich um eine Art von Wunschdenken. Aber was sagte das über ihre Beziehung aus? Hatten sie überhaupt eine Beziehung? Eigentlich waren sie nur Freunde und so sollte es auch bleiben, oder? Wieder einmal übermannte ihn dieses Gefühlschaos, das jäh unterbrochen wurde, als er die Mündung einer Pistole in seinen Rücken bemerkte.

„Es freut mich sehr, dass wir uns kennenlernen", sagte jemand mit einer lieblichen Stimme.

Trotz ihres unpassenden Schuhwerks hatte es Leonie geschafft, sich im Schutze der Bäume und Sträucher nahezu unbemerkt. heranzuschleichen. Bis auf diesen einen unbedachten Moment, in dem sie sich fast verraten hatte. Doch ihre anfängliche Freude, als sie Ben allein am Uferrand hatte stehen sehen, war erloschen wie eine Kerze im Wind, seit diese „Loreley" aufgetaucht war. „Blöde Bitch", murmelte Leonie und wunderte sich, dass das blonde Gift hinter ihm stand. Hatte Ben sie doch bemerkt? Wollte er ihr die Sicht auf dieses Luder versperren? Aber was wollte er damit bezwecken? Sie hatte doch bereits genug gesehen. Er geht fremd! Aber Moment einmal, sie waren ja offiziell gar nicht zusammen. Wie hatte sie nur so dumm sein können, das überhaupt in Erwägung zu ziehen? Warum sollte er sich mit ihr abgeben wollen? Sie war nichts weiter als eine alte Weggefährtin und nicht seine Seelenverwandte. Diese Rolle schien bereits vergeben zu sein. Und anscheinend war sie, Leonie, nicht die Idealbesetzung.

„Zumindest knutschen sie nicht", zischte sie wie eine angriffslustige Viper, während sie angestrengt versuchte, Wortfetzen des Gesprächs aufzuschnappen. Irgendwie wirkte die Szenerie ein wenig sonderbar. Noch immer stand Ben wie erstarrt am selben Fleck, während seine Freundin hinter ihm wartete.

„Wahrscheinlich hoffen sie, dass ich mich vom Acker mache", mutmaßte Leonie und strich immer wieder über ihre Beine, die zu kribbeln angefangen hatten. Als ihr Blick dabei den Boden streifte, bemerkte sie, dass sich der Untergrund bewegte. Die Erkenntnis traf sie wie ein Faustschlag ins Gesicht. Sie stand in einem Ameisenhaufen. Schreiend und mit wild um sich schlagenden Händen rannte sie von Panik getrieben Richtung Wasser, ohne auch nur einen Gedanken daran zu verschwenden, dass sie damit ihr Versteck aufgab. Sie kannte nur ein Ziel, sie musste ins kühle Nass, um die lästigen Insekten loszuwerden. Als sie beim Näherkommen einen Blick auf die Pistole erhaschte, die die blonde Versuchung in den Händen hielt, handelte Leonie nahezu instinktiv. Der Aufprall war so heftig, dass sie beide zu Boden stürzten, wobei die Waffe mit einem Platscher in den Fluten versank.

Montag   09.30 Uhr

„Dann bist du nicht untätig gewesen?"
„Du kennst mich doch", verteidigte sich Max lachend. „Nachdem Jonas Blitzke mich inspiriert hatte, gab es kein Halten mehr."
„Den solltest du zu deinem Privatermittler befördern", antwortete Jule. „Ich freue mich schon, wenn wir wieder zu Hause sind. Deine Idee, heute Nachmittag ins Tierheim zu fahren, um deinen geerbten Zögling zu bewundern, wird den Kindern sehr gefallen. Übrigens, die Autowerkstatt ist früher als erwartet fertig geworden. Wir können sofort losfahren. Ich melde mich noch einmal von unterwegs."
Bevor Max noch etwas erwidern konnte, war das Telefonat beendet. Er sehnte schon jetzt den Augenblick herbei, in dem seine Familie endlich wieder Zuhause eintreffen würde. Dieser kurze Nordseeausflug erschien ihm wie eine Ewigkeit. Gedankenverloren spielte er mit den Papieren, die vor ihm lagen und wichtige Details zu den aktuellen Fällen enthielten. Nun musste er nur noch diese Informationen weitergeben, damit er beruhigt in die Ferienwoche starten konnte. Er war seinem Team dankbar, das trotz Wochenende

eine Sonderschicht eingelegt hatte. Gerade in diesem Moment, als er sich auf den Weg ins Präsidium machen wollte, sprang Kater Merlin auf den Tisch und nahm den Blätterhaufen in Beschlag, um Streicheleinheiten einzufordern.

„Du weißt, wie es funktioniert", sagte Max lächelnd und strich durch das seidige Fell. Doch die Idylle war nur von kurzer Dauer, da es an der Haustür klingelte.

„Wer kommt denn um diese Uhrzeit?", stellte Max verwundernd fest und machte sich auf dem Weg, um seine Neugier zu stillen. Als er die Tür öffnete, sah er sich einer strahlenden Hera Schleh gegenüber.

„Hallo, wir wollten uns nur verabschieden", flötete sie, während Wolfram Wilhelm Berg aus dem Autofenster winkte.

„Ihr könnt auch gern noch reinkommen und einen Kaffee trinken."

„Das ist nett. Aber wir sind unter Zeitdruck. Du weißt doch, das leidige Schicksal des Rentnerdaseins. Wir müssen noch zu einem Geburtstag nach Aachen. War übrigens ein schöner Abend gestern. Grüß bitte Jule und die Kinder von uns."

„Ja, das fand ich auch. Eure Grüße richte ich gerne aus. Fahrt vorsichtig", antwortete Max und winkte den beiden hinterher, bis der Geländewagen hinter der nächsten Kurve verschwunden war.

„Wirklich typisch Rentner. Die beiden sind immer im Dauerstress", schmunzelte Max. In der

Küche angekommen, schnappte er sich die Papiere, die Merlin wieder freigegeben hatte und machte sich auf den Weg ins Büro. Selbst, als während der Fahrt das Lied „Ein Haus am See" im Autoradio erklang, was ihn immer schmerzlich an seine erste Frau erinnerte, vermochte dies heute seine euphorische Stimmung nicht zu trüben, denn schlagartig kamen ihm die Worte von Frieda Engel in den Sinn, die sie ihm bei einer ihrer Begegnungen mit auf den Weg gegeben hatte. *„Die Vergangenheit ist ein Teil, der unsere Persönlichkeit prägt. Aber sie darf nicht unser weiteres Leben bestimmen, das im Hier und Jetzt stattfindet."*
Und das Hier und Jetzt versprach eine gute Zeit zu werden. Oder etwa nicht?

Montag   **10.00 Uhr**

Wer konnte ahnen, was ihm bevorstehen würde? Hätte er die Zeichen erkennen können? Dunkle Wolken übernahmen die Macht und verschluckten das Sonnenlicht. Der Himmel war eine einzige tiefschwarze konturenlose Masse. In der Ferne erklang Donnergrollen, das an das wütende Brüllen eines Raubtieres erinnerte, das nach einer langen Ruhezeit aus dem Schlaf erwacht war. Wie ein finaler Akt öffneten sich die Schleusen des finsteren Himmels und bombardierten den Wagen mit einer Wucht, dass er befürchtete, sein Fahrzeug würde dieser Attacke nicht lange standhalten können. Innerhalb von Sekunden verwandelte sich die Straße in einen reißenden Fluss. Würde er seine Lieben jemals wiedersehen? Na klar, er hatte doch schon andere Herausforderungen gemeistert. Doch sein Optimismus sank auf den Tiefpunkt, als er die riesigen Zacken eines gigantischen Untiers neben sich auftauchen sah.

„Hm" murmelte Jonas Blitzke, „vielleicht sollte ich die Passage mit dem Monster streichen. Was meinst du, Walter?"

„Klaro", krächzte dieser und wandte sich dann wieder der Körperpflege zu. Akribisch putzte er Feder für Feder.

„Bereitest du dich auf den Damenbesuch vor?" Doch der Ara ignorierte seine Frage.

„Verstehe schon, du willst nicht gestört werden", lachte Jonas und wandte seine Aufmerksamkeit wieder dem Bildschirm seines Computers zu. Um die Zeit bis zum Eintreffen von Dörte und der Papageiendame Lori zu überbrücken, hatte er angefangen, einen Fantasyroman zu schreiben. Dörte liebte dieses Genre und er wollte zumindest probieren, ihr eine Kurzgeschichte überreichen zu können. Aber es fiel ihm schwer, eine unheilvolle Stimmung aufzubauen, wo er selbst vor freudiger Erwartung übersprühte. Sein mutiger Vorstoß Dörte zu Hause aufzusuchen, hatte eine interessante Kettenreaktion von Ereignissen ausgelöst.

Da Dörte ein paar Tage Urlaub hatte, wollte sie mit ihrer gefiederten Mitbewohnerin Lori für ein paar Tage bei ihm einziehen. Das Ganze war aufregend und beängstigend zugleich. Lange Zeit hatte er sich nach einer trauten Zweisamkeit gesehnt, doch da diese nun in greifbare Nähe rückte, fürchtete er Dörte zu enttäuschen und damit zu vergraulen. Was wusste er überhaupt von ihr? Vor kurzem war er noch nicht mal in der Lage gewesen, ihr einen Blumenstrauß zu kaufen. Es war auch vollkommen unklar, ob die beiden Vögel miteinander auskommen würden. Was, wenn es alles andere als harmonisch ablaufen würde? Eins war sicher, er würde sich auf keinen Fall von Walter trennen.

„Da sind sie", stellte Jonas panisch fest, als in diesem Moment die Klingel ertönte. Bevor er zur Haustür ging, verharrte er kurz und holte tief Luft, um seine flatternden Nerven zu beruhigen. „Sind wir bereit, Walter?"; fragte er mit zittriger Stimme.

„Klaro!", trällerte dieser fröhlich und schüttelte sein glänzendes Gefieder.

Montag   10-30 Uhr

Unfassbar, was in den letzten Tagen geschehen war und was in den nächsten Stunden noch passieren würde. Es war ein Adrenalinkick, den er trotz seiner vielen Erlebnisse im Ausland, in dieser Intensität noch nie gespürt hatte. Je länger er über die Situation nachdachte, desto schwerer wogen die Schuldgefühle. War sein Verhalten überhaupt richtig? Moral hin oder her, er war dabei, seine Eltern zu verraten, die ihm bisher immer zur Seite gestanden hatten. Aber wenn er es nicht machte, würde das bedeuten, über ein Verbrechen hinwegzusehen. Den Mord an einer Person, die er gekannt und geschätzt hatte.

„Sie müssen keine Aussage machen. Es steht Ihnen zu, diese zu verweigern", hatte Kriminalhauptkommissar Maximilian Knapp mehrfach betont. Doch Untätigkeit hatte sich auch nicht richtig angefühlt. Gab es in so einer vertrackten Angelegenheit überhaupt eine Unterteilung in richtig oder falsch? Der einzige Lichtblick in diesem Dilemma war Leonie, deren vermeintlicher Rettungsversuch ihn noch im Nachhinein zum Schmunzeln brachte. Beim Versuch die lästigen Krabbeltiere loszuwerden, hatte sie impulsiv Zoe mit ins Wasser gerissen, da sie angenommen hatte, dass er in Gefahr war. Wie hätte sie auch erkennen sollen, dass es sich bei der Waffe um eine Theaterrequisite gehandelt hatte. Die leidenschaftliche Hobbyschauspielerin Zoe Terell hatte das unfreiwillige Bad mit Humor genommen. „Das Ganze ist meine Schuld", hatte sie prustend erklärt. „War ein blöder Einfall mit der Waffe. Ich hatte sie zufällig noch im Handschuhfach meines Wagens und wollte mir einen Scherz er-

lauben. Na ja, der ist im wahrsten Sinne des Wortes baden gegangen."

Als er sie anschließend auf die Affäre mit seinem Vater angesprochen hatte, hatte sie nur laut gelacht.

„Du meine Güte. Danach hat mich die Polizei auch schon gefragt. Ich wusste nicht, dass ein wenig flirten solch eine Verwirrung stiftet. Aber ich kann es noch einmal wiederholen, da war nichts. Warum sollte ich Patrizia betrügen? Und dann noch mit einem Mann."

Damit war alles gesagt, oder auch nicht. Zumindest bestätigte diese Aussage seine Vermutung, dass seine Mutter eine Eigeninszenierung aufgeführt hatte. Ein Theaterstück, bei dem die wenigsten Mitwirkenden eingeweiht worden waren. Noch nicht einmal der eigene Sohn. Aber vielleicht hatte sie geahnt, dass er bei diesem perfiden Plan nicht mitgespielt hätte. Nein, er war es Valerio Stark schuldig, bei einer gerichtlichen Verhandlung die Wahrheit zu sagen.

Montag   10.55 Uhr

„Das ist schon eine verrückte Welt. Bin gespannt, was der Thal zu deinen Ermittlungsergebnissen sagt", warf Kollege Sven Herbst nachdenklich ein.

„Na, was wohl? Er wird irgendetwas zu meckern haben", vermutete Noah. „ Den zufrieden zu stel-

172

len, ist schier unmöglich. Wahrscheinlich wird er nur antworten: Wo sind die Beweise, Knapp? Ohne die können wir nichts unternehmen. Kommen Sie gefälligst das nächste Mal erst zu mir, wenn alles hieb und stichfest ist."

„So wird es vermutlich ablaufen", erwiderte Max und trank seinen Kaffee. Nachdenklich betrachtete er den Kaffeevollautomaten. Die Zeiten hatten sich geändert. Wobei nicht alles schlechter geworden war, zumindest nicht der Kaffee. Obwohl in diesem Punkt Noah anderer Meinung sein würde, dachte Max schmunzelnd. Auch das freundschaftliche Miteinander mit dem Team war definitiv eine Bereicherung, Der einzige Wermutstropfen war sein Chef Janus Thal, der die Worte Motivation und Kommunikation nicht in seinem Sprachgebrauch zu führen schien.

„Wann hast du den Termin beim Diktator?", fragte Noah.

„Jetzt gleich um 11 Uhr", erwiderte Max und blickte erstaunt, als der Klingelton an seinem Handy einen Anruf von seiner Frau Jule ankündigte.

„Hi. Ist was passiert?"

„Du immer mit deinen Sorgen. Was soll denn sein? Wir machen gerade nur eine kurze Kaffeepause. Du weißt doch, Sammy ist ohne ihren Koffeinkick nicht zu genießen."

„Ja, das kann ich bestätigen", erwiderte Max lachend. Er konnte sich noch sehr gut an den einen oder anderen Ausflug erinnern, den sie alle zusammen unternommen hatten.

„Ich wollte eigentlich nur nachhören, ob du jetzt endlich Urlaub hast."

„Noch nicht ganz. Ich muss in wenigen Minuten zum Chef. Aber danach stehe ich euch zur Verfügung."

„Das hoffe ich doch sehr", konterte Jule. „Ich liebe dich. Lass dir von diesem Thal nicht die Ferien vermiesen."

„Auf keinen Fall! Und ich liebe dich auch."

„KNAPP!"

„Ich muss jetzt Schluss machen", hauchte er, bevor er das Telefonat beendete und sich seinem Chef zuwandte.

„Knapp, erst wollen Sie unbedingt mit mir reden, obwohl Sie im Urlaub sein sollten. Und dann lassen Sie mich auch noch warten. Meine Zeit ist begrenzt", donnerte dieser und wies ihm mit einer Hand den Weg in sein Büro. Kommentarlos folgte Max dem Befehl. Was hätte er auch sagen sollen? Stellen Sie sich nicht so an, es ist erst 11.02 Uhr. Nein, das wäre sicherlich nicht gut angekommen. Es wäre mehr als unklug, noch Öl ins Feuer zu gießen.

„Setzen Sie sich! Ach übrigens, halten Sie sich kurz bei Ihren Ausführungen. Mir ist zu Ohren gekommen, dass an Ihnen ein Geschichtenerzähler verloren gegangen sein soll." Max ignorierte den ironischen Unterton und begann unverzüglich mit seinem Bericht.

„Wie Sie wissen, wurden bei allen vermeintlichen Opfern Sektkorken gefunden."

„Unnützes BlaBlaBla! Sie langweilen mich schon mit Ihrem ersten Satz."

„Nun, nicht alle Korken waren gleich."

„Wie bereits gesagt, das klingt sehr spannend", warf Janus Thal ein, wobei die Bemerkung vor Hohn und Spott nahezu triefte.

Doch unbeirrt der Einwände fuhr Max fort. Irgendwann wäre es an der Zeit, das Kriegsbeil mit seinem Vorgesetzten zu begraben. Wenn er auch überhaupt nicht wusste, warum dieser solch einen Groll gegen ihn hegte. Hatte es eventuell damit zu tun, dass die Verdienste von Janus Thal vollkommen untergingen, während er als eine Art von Koryphäe im Präsidium gehandelt wurde? Nun gut, Ruhm und Ehre muss man sich verdienen. Aber was zeichnete Janus Thal eigentlich aus? Im Grunde genommen nur, dass er viel Vitamin B in den, Führungsetagen vorweisen konnte.

„S e h r spannend", wiederholte Janus Thal in diesem Moment, und riss damit Max aus seinen Gedanken.

„Das Spannende kommt noch. Nur ein wenig Geduld. Bei einem der Korken handelt es sich um ein reines Naturprodukt, welches nur bei exklusiveren Marken verwendet wird. Genau eines dieser Produkte, die wir bei Familie Förster sicherstellen konnten."

„Was wollen Sie damit andeuten?"

„Nun, ich…"

„Nola Förster ist eine gute Bekannte meiner Frau", warf Janus Thal empört ein. „Ich habe die Aussage von ihr und ihrem Mann Richard gelesen. Wollen Sie etwa behaupten, dass die beiden gelogen haben?"

„Ja und Nein, Das meiste hat sich wirklich so zugetragen. Dennoch war es eine Inszenierung, um Valerio Stark aus dem Weg zu räumen."

„Herr Knapp, ich glaube die Fantasie geht mit Ihnen durch. Aber berichten Sie ruhig, was in Ihrem wirren Hirn herumspukt."

„Meiner Meinung nach hat es sich wie folgt zugetragen…"

„*Verflixt noch mal! Valerio ist uns auf die Schliche gekommen. Er hat mir damit gedroht zur Polizei zu gehen, wenn ich ihm die Firmenanteile nicht übertrage*", sagte Richard Förster und leerte auch das zweite Glas Whisky in einem Zug.

„Knapp, lassen Sie dieses Ausgeschmücke! Sie sind kein Großvater, der seinen Enkeln Märchen vorliest."

„Ok, nun… Wo war ich stehengeblieben? Ach ja…"

„*Du hast gesagt, dass Valerio nicht merken würde, wenn du Geld abzweigst.*"

„*Offensichtlich ein Trugschluss. Ich habe seine Intelligenz unterschätzt.*"

„*Und wenn du seinem Wunsch nachkommst?*"

„*Sind wir pleite und müssen alles verkaufen.*"

„*Könntest du ihm nicht irgendetwas andichten? Eine Handgreiflichkeit, oder eine Affäre mit einer Angestellten, die er schamlos ausnutzt? Wie wäre es mit dieser Zoe?*"

„*Meinst du Zoe Terell?*", *fragte Richard.* „*Die ist nicht am männlichen Geschlecht interessiert.*"

„*Vielleicht solltest du eine Liebesbeziehung mit ihr anfangen, Richard?*"

„*Ich? Sag mal, hast du mir nicht zugehört? Überhaupt, was soll das ganze Palaver? Oder willst du mir eine Affäre andichten, damit du noch schnell die Scheidung einreichen kannst? Aber dafür ist es zu spät, denn wie heißt es doch so treffend, einem nackten Mann packt man nicht in die Taschen.*"

„Herr Maximilian Knapp, ich habe ja bereits von ihrer Vorliebe für lange Geschichten gehört. Aber wie bereits mehrfach erwähnt, bitte ich Sie eindringlich sich kurz zu fassen. Ich bin kein Verleger, dem Sie ihre Romanidee schmackhaft darlegen müssen."

„Haben Sie schon einmal von Möbelhäusern gehört, die beim Einrichten der Ausstellungsräume eine fiktive Person und deren Lebensstil als Vorbild nehmen", erwiderte Max.

„Mein sehr geehrter Herr Knapp! Ich weiß nicht, wohin uns diese Frage führen soll?", zischte Janus Thal und trommelte mit seinen Fingern auf den Schreibtisch.

„Ganz einfach, all die Details sind wichtig, um zu einer endgültigen Schlussfolgerung zu kommen. Alles, was vorgefallen ist, war von langer Hand geplant. Die angebliche Liebesbeziehung zwischen Zoe Terell und Richard Förster sollte für Unruhe sorgen, die vom eigentlichen Problem ablenkt. Als willkommene Zugabe konnten die Försters ihren Sohn endlich zur Heimkehr überzeugen, dessen ständiges Herumreisen den beiden mittlerweile ohnehin ein Dorn im Auge war und hohe Kosten verursachte. Sie benutzten ihn übrigens auch, um die K.O. Tropfen auszuprobieren, damit sie für Valerio Stark die richtige Dosis kannten. Allerdings hätte sein Verschwinden eine Fahndung ausgelöst. Und mit dieser die Gefahr, dass man den Leichnam irgendwann entdecken würde. Da kam ihnen durch die „Sektkorkentaten" die Idee, den Mord jemand anderem anzuhängen. Zu dem Zeitpunkt konnten sie allerdings noch nicht ahnen, dass ausgerechnet Frau Frieda Engel die Verbrechen zugeben würde. Obwohl es natürlich perfekt passte, da Frau Engel und Herr Förster in der Vergangenheit schon mal das ein oder andere Mal während einer Gemeindesitzung aneinandergeraten waren. Die Firma sollte ausgebaut werden und die Pläne führten durch ein Naturschutzgebiet. Aber kommen wir zurück zu dem Sektkorken."

„Verschonen Sie mich mit weiteren abstrusen

Geschichten. Wo sind die Indizien, Knapp? Ohne stichfeste Beweise können wir nichts unternehmen. Wir machen uns ja lächerlich, wenn wir eine angesehene Familie verdächtigen. Vielleicht ist auch dieser Ben Förster auf Rache aus, da seine Eltern ihm den Geldhahn zugedreht haben? K.O. Tropfen können bereits nach ein paar Stunden weder im Blut noch im Urin festgestellt werden. Und wie schon erwähnt, meine Frau und ich kennen die Familie Förster schon einige Jahre und ...“

„Auf dem Korken, der an der Unglücksstelle von Valerio Stark gefunden wurde, konnten wir Fingerabdrücke von Nola Förster sicherstellen. Im Hausmüll fanden wir eine Flasche, zu der besagter Korken passt. Außerdem hat sich der Sohn, Ben Förster, dazu entschlossen, gegen seine Eltern auszusagen. Ich schätze, dass wir das Lügengerüst schnell zum Einsturz bringen werden. Und was die anderen Sektkorkentaten anbelangt, da...“

„Die sollten wir ruhen lassen“, warf Janus Thal ein und rutschte unruhig auf seinem Ledersessel hin und her. Frieda Berg, beziehungsweise wie die Presse medienwirksam geschrieben hat: „Die letzte Hexe von Amecke“ hat die Taten zugegeben. Punkt! Fertig! Aus! Mein lieber Herr Knapp, Sie müssen nicht noch mehr Staub aufwirbeln oder sollte ich in diesem Fall besser Schaumwein sagen? Instruieren Sie meinetwegen die Kollegen in diesem angeblichen Försterfall und kümmern sich dann lieber um ihre Familie. Angenehmen Urlaub!"

„Aber…"

„Habe ich mich nicht klar genug ausdrückt?", sagte Janus Thal mit einem bedrohlichen Unterton.

„Aber Sie müssen doch zugeben, dass die alte Dame unmöglich allein…"

„Knapp! RAUS!"

Unwillig stand Max auf und musterte seinen Chef, der wahllos in irgendwelchen Aktenordnern blätterte. Für eine Weile sagte niemand ein Wort. Kurz bevor sein Vorgesetzter ihn mit einem bösen Blick bedachte, der Max an dessen knurrende Hunde erinnerte, war da diese klitzekleine Augenbewegung. Hatte Janus Thal nicht gerade das gerahmte Familienfoto angeschaut, das auf seinem Schreibtisch stand? War dessen Sohn Logan-Kian eventuell in die Vorfälle verwickelt?

„Knapp", knurrte Janus Thal, „zum letzten Mal, verschwinden Sie!"

„Bin schon weg", antwortete Max und verließ in Gedanken versunken das Zimmer. Vor der Tür lief er fast in die Arme seiner Kollegen Sven und Noah, die ihn mit besorgter Miene betrachteten. "Was ist denn mit euch los? Welche Laus hat euch die gute Laune verdorben?"

„Ach, wir haben gerade nur eine Meldung aufgeschnappt. Auf der Autobahn ist ein Lastwagen in den Gegenverkehr geraten. Es gibt Tote und Verletzte. Sowas ist immer furchtbar."

„Wo? Auf welcher Autobahn?", verlangte Max zu wissen, während sein Blutdruck utopische Höhen erreichte. Ein Unfall. Nein, das durfte nicht sein! Das konnte nicht sein. Noch ehe er die Antwort abwartete, wählte er Jules Nummer. Es schien Ewigkeiten zu dauern, bis das Gespräch entgegengenommen wurde.

„Hallo?"

„Jule? Du kannst dir nicht vorstellen, wie froh ich bin. Ich hatte schon befürchtet, dass …"

„Wer ist denn da bitte? Hier spricht Pauline Lübbe, Autobahnpolizei", sagte eine fremde Stimme, die Max das Blut in den Adern gefrieren ließ.

„Jule", hauchte er und sackte an Ort und Stelle zusammen.

DANKE

Wieder einmal ist es Zeit allen zu danken, die mir bei diesem Projekt geholfen haben.

Allen voran meinen fleißigen Lektoren: Burkhard Grünebaum, Irmgard Willsch und Alexandra Teipel.

Danke auch an meine Autorinnenkollegin: Uta Baumeister, die die Umschlagsgestaltung übernommen hat.

Vielen herzlichen Dank an Tanja Graumann, die das tolle Cover gezeichnet hat.

Mein Dank gilt auch wie immer meiner Familie, die mir bei den Recherchen sehr geholfen hat.

Und dann möchte ich mich natürlich auch bei Ihnen bedanken, liebe Leser, für Ihr Interesse Kommissar Maximilian Knapp bei seinem zweiten Fall zu begleiten.

Ihre
Martina Grünebaum

Im Bienenstich sind keine Birnen

Ist das nicht der neue Kommissar?
Obwohl Maximilian Knapp bereits seit vielen Jahren
mit seiner Familie im Sauerland eine neue Heimat
gefunden hat, bleibt er in den Köpfen der Einheimischen der Neue. Inmitten der malerischen Landschaf
und den sauerländischen Unikaten leitet er nun seine
Ermittlungen. Ein scheinbar harmloser Fall ist der
Auslöser für eine Reihe von Verstrickungen, die sich
nach und nach zu einem Ganzen zusammenfügen.
Doch nichts ist, wie es zu sein scheint ….

ISBN: 9783751967389   9,90 €
Auch als E-Book erhältlich

Weitere Sauerlandbücher von Martina Grünebaum

Katzenwetter
Ein tierischer Sauerlandkrimi

Ein Lesevergnügen für Jung und Alt.

ISBN: 9783743117587
8,90 €

Auch als E-Book erhältlich.

Die Quote

Verwaltungsfehler passieren nicht nur auf Erden.

ISBN: 9783749481743
9,90 €

Auch als E-Book erhältlich

Weitere Informationen unter:
martinagruenebaum.jimdo.com